Le serment des Highlands

DU MÊME AUTEUR

- *Murder on the Green - 2011 (en anglais)*
- *Les roses de Sarajevo - 2015*

Aux Éditions du Palémon

Rééditions

1. Meurtre au dix-huitième trou
2. Peur sur le volcan
3. Caviar et nuits blanches
4. L'étrange sourire de Pamela Dove
5. L'œil du totem
6. Mort au grand largue
7. Les démons de l'île de Skye
8. Le serment des Highlands
9. Crime à l'heure du Tay
10. Un poison irlandais
11. Mortelles Hébrides
12. Le pendu de Saint-Andrews

Retrouvez ces ouvrages sur www.palemon.fr

CE LIVRE EST UN ROMAN
Toute ressemblance avec des personnes, des noms propres, des lieux privés, des noms de firmes, des situations existant ou ayant existé, ne saurait être que le fait du hasard.

JOHN-ERICH NIELSEN

Le serment des Highlands

ÉDITIONS DU PALÉMON
ZA de Troyalac'h - 10 rue André Michelin - 29 170 Saint-Évarzec

Les disparus du Cluanie Inn

Mercredi 7 juin.

— Des rollmops ? s'indigna tante Midge. Tu as déniché des rollmops au buffet ?

Tout sourire, et indifférent au fumet redoutable que dégageait son assiette, l'inspecteur Sweeney reprit sa place à la table du petit-déjeuner.

— Au contraire, c'est cool ! s'exclama le jeune homme. Voilà qui va me réconcilier avec le Cluanie Inn.

— Eh bien quoi ? protesta sa tante. Qu'est-ce qu'il a cet hôtel ?

— Question randonnée, je ne dis pas : c'est pratique, et le coin est joli. Mais quatre jours dans ce trou à rats… soupira le policier.

— Le site est magnifique, lui opposa tante Midge. Je te rappelle que tu étais parfaitement d'accord pour m'accompagner dans les Highlands. D'ailleurs, rien de tel que le grand air pour te remettre de l'effervescence de la grande ville. À Édimbourg, je ne sais pas ce que ton commissaire Wilkinson te fait faire, insinua-t-elle, mais je ne te trouve pas bonne mine.

— Vraiment ? releva son neveu, tout en se servant une nouvelle tasse de café. Il faut reconnaître que, durant ces six derniers mois, je n'ai pas dû avoir plus de trois ou quatre week-ends de liberté, admit-il.

— Tu vois ! clama la vieille dame, forte de cet avantage. À ce rythme-là, ils vous useront avant l'âge…

Mais, curieuse, elle chercha tout de même à savoir :

— Et pourquoi es-tu aussi fatigué ? Des enquêtes importantes ?

— Oh non, rien de sérieux. Sinon, tu t'en doutes, je t'aurais appelée. *D'ailleurs, moi qui comptais sur ce séjour pour lui parler d'Ilona, mieux vaut que j'attende encore un peu…* Depuis l'année dernière[1], reprit-il, il ne s'est rien passé de bien excitant. La routine : des crimes crapuleux, des maris jaloux qui trucident leur épouse, des suicides… Beaucoup de suicides… répéta-t-il, l'air grave.

— C'est bien ce que je disais ! Tu es épuisé, crut-elle deviner à sa mine. J'ai bien fait de t'emmener avec moi. Parce que si je ne songeais pas à te faire prendre du repos, toi-même tu ne… Non ! s'écria-t-elle soudain. Pas de poisson au chien. Archie, voyons !

Trop tard. D'un seul coup, Sweeney venait de faire glisser deux longs filets de hareng dans la gueule de son teckel. À peine rassasiée par ce premier festin, la saucisse à quatre pattes se dressait déjà sur ses postérieures, réclamant une nouvelle portion à son maître.

— Berthie, descends ! gronda la vieille dame. Et toi, cesse de lui donner à manger à table. Ça ne se fait pas. Que vont dire les gens ?

---

1. *Voir* Les démons de l'île de Skye, *même auteur, même collection.*

L'air malicieux, Sweeney laissa lentement traîner son regard à travers la salle :

— Les gens ? Quels gens ? À part ce retraité qui nous tient compagnie, l'auberge est vide. Je te l'ai dit, tante : un trou à rats !

La vieille dame ne sut que répondre.

— Et puis, tu as vu ? enchaîna le jeune homme. Ce type mange avec son chapeau sur la tête. Marrant, on dirait le galurin de Sherlock Holmes !

— Tais-toi, tu me fais honte ! le tança tante Midge. Le monsieur va nous entendre… Et puis ce n'est pas un « galurin », comme tu dis si bien, mais un deerstalker, le corrigea-t-elle. C'est très élégant. Je trouve même que ça lui va très bien.

Le visage de son neveu s'illumina d'un large sourire.

— Eh bien quoi ? Qu'est-ce que j'ai dit ? se défendit la vieille dame.

Sweeney continua de sourire, avant de finalement se lever :

— Je retourne au buffet, annonça-t-il. J'ai donné tout mon poisson à Berthie.

Pendant que le jeune homme s'éloignait, tante Midge ne put s'empêcher de l'observer : *Après tout, sa tenue de randonneur lui va mieux que ses frusques habituelles. C'est vrai, si je le laissais faire, il finirait fagoté comme un archevêque anglican et, pis encore, vieux garçon ! C'est qu'il aura bientôt trente ans… Tandis que là, avec son coupe-vent bleu marine, son pantalon de trekking et ses chaussures de marche, sa silhouette est beaucoup plus sportive, plus élancée. Je suis même sûre qu'il pourrait plaire aux filles… Toutefois,* relativisa-t-elle, *tant qu'il ne mettra pas un peu d'ordre dans cette fichue barbe rousse ! Je lui ai dit cent fois de se raser, mais il ne veut rien entendre... Et puis ce satané club de golf! Quelle manie aussi de se trimbaler partout avec une canne sur l'épaule. Et même pour aller chercher des rollmops! On n'a pas idée...* se désola-t-elle enfin.

— Tu aurais pu laisser ta canne dans la chambre, lui reprocha-t-elle, alors que Sweeney revenait avec une nouvelle assiette de hareng, son sand wedge en équilibre sur l'épaule gauche.

— Ah?... Tu sais, je n'y pense même plus, se défendit-il en se rasseyant.

— De la mayonnaise? s'offusqua la vieille dame en découvrant l'effroyable contenu de son assiette. Et du ketchup? Tout ça sur des rollmops? Archie, excuse-moi, mais à sept heures du matin, c'en est trop pour moi!

— Décidément... se renfrogna le jeune Écossais qui, dépité, préféra faire glisser sa splendide composition à ses pieds.

Son teckel, ravi, n'en fit qu'une bouchée.

— Pour cette fois, je te pardonne pour le chien, concéda sa tante, visiblement soulagée.

— Pas de quoi, grommela Sweeney.

— Parlons plutôt de ta journée, enchaîna tante Midge. Alors dis-moi, quel circuit de randonnée as-tu prévu pour aujourd'hui?

— Et si nous commencions par la journée d'hier? proposa son neveu. Après notre long périple depuis Aberdeen, puis la visite du château dans la foulée, nous sommes rentrés tard. Nous n'avons même pas eu le temps d'échanger nos impressions... Alors: Eilean Donan Castle[2], ça t'a plu?

---

2. À l'ouest des Highlands, à l'entrée du loch Duich, Eilean Donan Castle est l'un des châteaux écossais les plus pittoresques. Il a notamment servi de cadre au film Highlander.

— Beaucoup ! s'empressa de confirmer tante Midge. Comme je te l'ai dit, et ça peut paraître surprenant, mais à mon âge, je n'avais encore jamais visité le château. C'est souvent son propre pays que l'on connaît le moins, sourit la vieille dame. Et toi ?

— Moi tu sais, les vieilles pierres… lui fit comprendre Sweeney.

— Ah bon ? Pourtant, il faisait si beau. Et puis dès l'arrivée, avec ce vieux pont qui enjambe le loch, les tours qui se reflètent dans l'eau, et les collines en toile de fond, j'ai trouvé l'endroit tellement… tellement romantique ! finit par s'emballer tante Midge.

— Mmm ? Sur le pont, j'ai surtout trouvé que le loch était infesté de *midges*[3], jugea pour sa part le jeune policier, en se frottant les bras.

— Mmoui, je vois. Trop touristique à ton goût, n'est-ce pas ?

— Peut-être… reconnut son neveu.

— Alors, pour aujourd'hui ? préféra-t-elle le relancer. Quel est ton programme ?

— Les *Five Sisters of Kintail*[4] ! s'exclama-t-il, l'air cette fois beaucoup plus enthousiaste. Je stationnerai la voiture au plus près du sentier de randonnée, puis je suivrai la ligne de crête avant de redescendre sur le loch Duich. Je pense en avoir pour sept à huit heures.

— Est-ce que tu seras là pour dîner ? s'inquiéta tante Midge.

— Oui, pas de problème. Le beau temps sera de la partie. Un peu de vent sur les sommets, mais je…

---

3. *Moucherons piqueurs très voraces, qui prospèrent en Écosse de juin à septembre.*

4. *Massif de cinq montagnes successives, culminant entre 875 et 1 068 mètres d'altitude.*

— La dernière fois que tu m'as fait ce genre de promesse, le coupa-t-elle, c'était aux Canaries. Et je me souviens très bien que ça ne s'est pas passé du tout, mais alors pas du tout, comme tu l'escomptais[5] !, lui rappela-t-elle, la mine contrariée.

— Cette fois, lui sourit le jeune homme, aucun meurtrier ne viendra gâcher mon plaisir. Je serai seul… À ce propos, songea-t-il, est-ce que je peux te confier Berthie ?

— Mais bien sûr, accepta la vieille dame. Tu sais que ton chien adore faire la sieste sur mes genoux. Et puis, il n'est plus tout jeune lui non plus ; dorénavant, lui et moi, nous avons des intérêts communs.

— Je vois ! se mit à rire le policier. Et toi tante, qu'as-tu prévu ?

— Lecture. Je me suis mis un bon Elizabeth George de côté pour…

— Aïe ! ne put s'empêcher de se moquer son neveu.

— …que je savourerai, reprit-elle, seule sur un banc, en contemplant les paisibles montagnes que, pour ta part, tu vas t'échiner à gravir. Mais à chaque âge ses plaisirs, n'est-ce pas ? conclut-elle, péremptoire.

— Tu as certainement raison, acquiesça Sweeney en consultant sa montre. Bien, dit-il, il ne faut pas que je tarde.

Le jeune homme quitta de nouveau la table pour le buffet. Il y bourra son sac à dos de tranches de pain de mie, de saucisses et de fromage, puis remplit sa bouteille thermos d'un thé brûlant.

---

5. *Voir* Peur sur le volcan, *même auteur, même collection.*

Enfin, il revint épauler son club de golf, embrassa son teckel sur la truffe, puis voulut en faire de même sur la joue de sa tante.

— Ah non, pas après le chien ! le repoussa-t-elle.

Amusé, son inspecteur de neveu lui sourit et, après lui avoir adressé un dernier baiser de la main, le jeune homme se dirigea vers la porte du Cluanie Inn.

Lorsque soudain, dans son dos, retentit une voix féminine :

— Mister Sweeney ! Pardon, Mister Sweeney !

*

L'enquêteur se retourna vers Mandy Greene, la gérante de l'hôtel :

— Vous voulez ma clé, Mandy ? Je l'ai laissée à ma tante. Elle vous la…

— Non, le détrompa la jeune femme. Je voudrais vous parler. Si c'est possible.

Le vert de ses yeux se fit plus insistant, et plus brillant encore.

Surpris, Sweeney commença par observer la responsable du Cluanie Inn. Dans sa robe longue aux motifs tartan bleu-vert, Mandy faisait un peu plus que son âge, qui ne devait toutefois pas excéder les trente-cinq ans. Légèrement potelée, mais très appétissante – à l'image de son corsage, jugea le policier –, la jeune femme, avenante, avait tout de suite inspiré de la sympathie à l'inspecteur. Enfin, ses joues rondes, rehaussées par une coupe au carré presque rousse, vous donnaient spontanément envie de lui sourire.

Impossible qu'elle soit originaire de la région, songea Sweeney. *Ce doit être, elle aussi, une Sassenach*[6] *comme ils disent par ici. Car quand on grandit dans les Highlands, la vie vous burine autant le corps que l'âme.*

— Euh… Oui, si vous voulez, finit par se décider l'inspecteur. De quoi s'agit-il ?

— Je peux vous parler à table ? insista-t-elle. C'est… C'est que c'est assez délicat.

— Bien sûr, déclara son client, intrigué. Et Sweeney retourna s'installer aux côtés de tante Midge.

— Bonjour Miss Sweeney, salua-t-elle la vieille dame, en inclinant son décolleté au moment de s'asseoir.

— Bonjour Mrs Greene, lui répondit cette dernière, la mine presque aussi étonnée que son neveu. Que se passe-t-il ? Un problème ?

— Non aucun, la rassura la gérante, dans un sourire gêné. C'est moi… Enfin… hésita-t-elle. Enfin, c'est moi qui aurais besoin de vous.

— Ah ? s'intéressa Sweeney. Mais en quoi pouvons-nous vous être utiles ?

Mandy Greene inspira profondément, puis se lança :

— Voilà… Hier soir, après que vous avez rempli le registre, j'ai bien sûr lu votre nom, ainsi que votre profession. Et puis, en voyant votre club de golf, je me suis dit…

— Eh bien quoi ? s'amusa le policier. Le port du sand wedge n'est pas prohibé, que je sache !

---

6. *Du gaélique* Sasannach, *qui désigne toute personne n'étant pas originaire des Highlands.*

— Évidemment non… répondit Mrs Greene, dans un petit rire nerveux. Mais je me suis dit que vous deviez être le célèbre inspecteur Sweeney, celui d'Édimbourg. Alors je…

— C'est donc ça ? la coupa tante Midge. Mon neveu est en vacances, Madame. De quoi voulez-vous lui parler ? Je vous préviens, s'énerva-t-elle, si vous avez l'intention de lui…

— Tante ! l'interrompit le jeune homme. S'il te plaît, laisse finir Mrs Greene.

— Comme tu voudras, ronchonna la vieille dame.

Pour se donner une contenance, tante Midge attrapa Berthie, le posa sur ses genoux, et se mit à le caresser comme si elle s'intéressait à tout autre chose qu'à la conversation.

— Merci, lui renvoya son neveu.

Avant de se retourner vers la jeune femme :

— Alors, Mandy ? Je vous écoute.

— Eh bien voilà, reprit-elle : il s'agit d'une affaire sur laquelle j'aimerais avoir votre avis. Nous…

En l'entendant prononcer le mot « affaire », ce fut cette fois au tour de Sweeney de l'interrompre :

— Mandy, ma tante a raison. Je suis en vacances, et ma juridiction ne va pas au-delà d'Édimbourg. Si vous avez un souci qui relève de nos services, adressez-vous au poste de police le plus proche. Mes collègues se feront un devoir de vous renseigner.

— Tu vois, j'te l'avais dit ! clama dans son dos une voix masculine aux accents vulgaires.

L'inspecteur se retourna et découvrit Jack Greene, le mari de la gérante, debout derrière le guichet de l'hôtel. À peine plus âgé que sa femme, Jack portait sa tenue blanche de cuisinier du Cluanie Inn.

Moins intelligent que sa femme, il lui abandonnait volontiers la gestion administrative, et rébarbative, de l'établissement. Ce qui ne l'empêchait pas de préparer un succulent haggis dont Sweeney s'était délecté la veille au dîner. Toutefois, sa silhouette émaciée, son visage anguleux à la Jack Palance assorti d'une barbe de trois jours, et des cheveux très noirs, en faisaient un personnage résolument antipathique que l'on s'étonnait de voir associé à la généreuse Mandy.

Qu'est-ce qu'elle peut bien lui trouver? pensa le jeune homme. *En plus, avec son tablier douteux, ses mains d'étrangleur et son regard torve, il a tout l'air d'un détrousseur de voyageurs. Surtout dans une auberge isolée comme le Cluanie Inn...*

L'inspecteur ne put s'empêcher de frissonner, comme si, déjà, une sourde inquiétude l'assaillait.

Mais lui en revanche, finit-il par se moquer, *à la différence de Mandy, je jurerais que c'est un pur produit d'Inverpolly*[7] *!*

— Tu vois, répéta le cuisinier. Laisse donc ces messieurs dames tranquilles.

Curieusement, cette incroyable dissonance entre les deux personnalités des époux Greene redonna à Sweeney l'envie d'écouter Mandy.

— Non, je vous en prie, se rattrapa le policier. Si vous voulez me faire l'honneur de me soumettre votre problème, je m'efforcerai de vous conseiller au mieux.

Le corsage de Mrs Greene se souleva de contentement. Pour sa part, tante Midge émit un profond soupir de désappointement.

---

7. Réserve naturelle, à l'ouest des Highlands, comportant de nombreux lochs glaciaires ainsi que des sommets arides et sauvages.

— Dites-moi, l'encouragea Sweeney. Je vous écoute.

Mise en confiance, l'hôtelière prit une nouvelle fois son courage à deux mains :

— J'ignore ce que vous pourrez faire pour nous, commença-t-elle, et, d'ailleurs, c'est surtout votre avis que j'aimerais avoir…

— Oui. Je vous en prie, répéta l'inspecteur.

— Eh bien… hésita-t-elle encore. Voilà : des disparitions inexpliquées se sont produites dans la région.

— Ah ? fit entendre le jeune policier, manifestement intéressé.

— Pfui ! siffla tante Midge, plus méfiante.

— S'il te plaît… lui renvoya son neveu. Pardon Mandy, enchaîna-t-il, vous disiez ? Des disparitions ?

— Oui. À trois reprises déjà, des clients de l'hôtel sont sortis – pour une randonnée ou pour une visite, précisa la gérante –, pour ne plus jamais revenir !

Instantanément, tante et neveu se dévisagèrent, laissant leurs pensées converger vers l'inquiétant Jack Greene.

— Euh… Com… Comment ça ? balbutia Sweeney.

— Trois fois, des clients sont partis du Cluanie Inn, et plus personne ne les a jamais revus.

— Je n'en ai pas entendu parler, s'étonna le policier. Effectivement, c'est étrange.

— Dans la région, ça doit bien faire cinq ou six disparitions en tout, continua d'expliquer Mrs Greene.

— Vraiment ? répliqua cette fois tante Midge.

Définitivement lancée, Mandy poursuivit :

— À chaque fois, les clients sont partis seuls. À la première disparition, pour être honnête, on ne s'est pas plus inquiétés que ça. N'est-ce pas, Jack ?

Son mari opina du chef.

— On a cru qu'il devait s'agir d'un accident, déclara-t-elle. Le jeune monsieur était parti randonner en direction du loch Cluanie, et tout le monde a pensé qu'il s'était noyé, ou bien qu'il s'était suicidé.

— Mais on n'a jamais retrouvé son corps, ajouta la voix grave du cuisinier.

— C'est vrai, l'appuya Mandy. Aucune trace, rien… Je vous avoue, reprit-elle, que lorsque la famille est venue chercher ses affaires la semaine suivante, ça m'a fait un choc. Pour sa pauvre mère, ne pas avoir de ses nouvelles, je crois que c'était pire encore que de le savoir mort.

— C'est effectivement le cas, confirma Sweeney sur un ton professionnel.

Avant d'ajouter :

— Et d'autres disparitions se sont produites après celle-là ?

— Mais oui ! lui répondit l'hôtelière, les yeux écarquillés. Six mois plus tard, une jeune femme – je me souviens qu'elle s'appelait Judith Brewster – est partie de chez nous en voiture, pour rejoindre Eilean Donan Castle. Le lendemain soir, on a retrouvé son Austin garée à Shiel Bridge, à quelques kilomètres à peine de l'auberge. Mais elle aussi, on ne l'a plus jamais revue.

— Évaporée ! lança Jack Greene, pour ponctuer les explications de sa femme.

— Décidément… commenta le jeune inspecteur. Et que vous ont dit mes collègues ?

— Euh… Rien en fait, répondit Mandy. Un policeman est venu mettre ses effets dans un sac, et…

— C'était Hickson, la coupa Jack. Je le connais bien. Il a dit qu'elle n'avait pas de famille proche, et qu'un adulte avait le droit d'aller et venir à sa guise. Tu parles ! râla le cuisinier.

— Et après ça, encore une ? poursuivit Sweeney.

— C'était il y a un mois et demi à peine, réagit aussitôt la gérante. Et personne ne m'a encore réclamé ses vêtements !

— J'ai mis ses valises dans la remise, précisa son mari. Quelqu'un finira bien par venir les récupérer.

— De qui s'agissait-il cette fois ? insista le policier.

— Ah oui, se souvint Mandy… Mrs Jones, une dame d'une cinquantaine d'années. Elle était partie pour gravir les *Five Sisters*, comme vous ce matin. On a retrouvé son véhicule près du loch Cluanie, mais…

— Était-elle seule ? demanda Sweeney.

— Ouais, répondit Jack dans son dos. Elle aussi. Et encore une fois, pas de corps. Les pompiers ont dragué le loch, mais ils n'ont rien trouvé.

— Mais ils ont quand même dit, compléta sa femme, qu'elle avait dû se noyer et que, si le corps ne remontait pas, c'est qu'il devait être pris dans les algues.

— Des algues dans le loch ? douta tante Midge.

— Y disent ça comme ça ! lâcha Jack. Tout ça parce qu'ils ne veulent pas s'emm… à la chercher !

La vulgarité du cuisinier força la vieille dame à baisser les yeux.

— Excusez mon mari, intervint Mrs Greene, mais nous sommes à bout. Regardez autour de vous : à cette époque de l'année, la salle devrait être pleine.

Tout ça n'est pas bon pour l'hôtel. Des rumeurs ont fini par se répandre dans la région, jusqu'à l'office de tourisme. Les gens disent que le Cluanie Inn porte malheur.

— Y racontent que des conn… ! pesta de plus belle le cuisinier.

— Il est vrai que si j'avais su… murmura tante Midge, comme pour se venger de Jack Greene.

Afin de réchauffer l'ambiance, Sweeney s'efforça de plaisanter :

— Dites Mandy, si vous vouliez me dissuader d'aller randonner, c'est bien essayé.

— Oh pardon ! s'excusa la jeune femme. Pas du tout, Mister Sweeney.

— Tu vois, j'te l'avais bien dit ! maugréa de nouveau Jack. Ça ne servait à rien d'embêter monsieur avec ça. Toi aussi, avec tes idées…

Le ton méprisant du bonhomme acheva d'exaspérer l'inspecteur. Pour le contredire, Sweeney se retourna vers Mandy :

— Madame, vous m'avez bien dit qu'il s'était produit d'autres disparitions ?

— Oh oui, répliqua l'hôtelière, trop heureuse que le célèbre policier fasse abstraction des remarques de son mari. Cinq en tout, je crois.

— Mmm… Et, à chaque fois, les personnes n'ont jamais été retrouvées. C'est bien ça ?

— Oui, à chaque fois.

— Mmm… répéta le jeune homme. Des personnes seules ?

— Oui, toujours.

— Ne compte pas sur moi pour t'accompagner ! ironisa tante Midge.

Son neveu se contenta de lui sourire.

— Bien ! apprécia-t-il enfin.

Après un temps de réflexion, pendant lequel le regard de Mrs Greene se fit presque implorant, le policier d'Édimbourg reprit :

— Madame, quand a eu lieu la première disparition ?

Mandy retrouva le sourire, et sa poitrine se gonfla de soulagement :

— Il y a environ deux ans, répondit-elle. Et la dernière, comme je vous l'ai dit, c'était au printemps, vers la mi-avril.

— Je vois… murmura Sweeney pour lui-même. Toutefois, continua-t-il en infléchissant brusquement le ton, tout cela n'est pas anodin. Cinq disparitions similaires, en si peu de temps, et sans qu'un seul corps n'ait jamais été retrouvé, j'imagine que les gens doivent parler. Ils doivent bien avoir une opinion, n'est-ce pas Mandy ?… N'est-ce pas ? la pressa-t-il.

— Euh… Oui… Oui, bien sûr.

— Alors ? Dites-moi !

— Les gens disent… hésita-t-elle encore.

— Oui, justement : que disent-ils, les gens ? Et vous Mandy, qu'en dites-vous ?

N'y tenant plus, la jeune femme lâcha :

— Le problème, en fait, c'est Malcolm Fergusson.

Jack Greene dodelina de la tête.

— Je vois… parut les encourager l'inspecteur.

Avant de demander soudain :

— Et ce Fergusson, qui est-ce ?

L'intérêt de son neveu pour la conversation de Mrs Greene suscita chez tante Midge un nouveau soupir de réprobation.

— Et voilà, ça recommence… se désola-t-elle, tout en faisant mine de parler à Berthie.

Sweeney fit signe à la gérante de passer outre à ce mouvement d'humeur de sa tante, avant de l'inciter à poursuivre d'un hochement de tête.

— C'était il y a environ deux ans, expliqua Mandy. Le jeune Malcolm Fergusson était l'un des gardes-chasse des McLeod, la grande famille du coin. Ils sont propriétaires d'Eilean Donan Castle, précisa-t-elle.

— Le nom du clan me dit quelque chose, reconnut le policier.

— Un mardi après-midi, reprit l'hôtelière, Malcolm est arrivé chez sa petite amie, Fiona Kelly, à Dornie. Il était fou de jalousie. Le samedi précédent, au cours d'une fête à Shiel Bridge, Fiona avait accordé une danse à un autre garçon. Elle et Malcolm s'étaient alors disputés, et Fergusson avait finalement décidé de repartir sans elle. Puis il ne l'avait même pas rappelée… Mais trois jours plus tard, lorsqu'il est revenu la voir à son domicile, il était armé de son fusil de chasse. Et dès que la petite lui a ouvert, il lui a tiré dessus, comme ça d'un coup, sous les yeux de son propre père !

— Mon dieu, quelle horreur ! sursauta tante Midge.

— Et elle est décédée ? voulut savoir Sweeney.

— Non, le renseigna Mrs Greene. Mais c'est tout comme… La balle a touché la colonne vertébrale. Fiona est paralysée à vie. Elle ne se déplace plus qu'en fauteuil roulant. À vingt ans à peine, ça fait mal au cœur… Je la croise souvent, ajouta-t-elle, dans les boutiques de la région. La petite a le moral mais, par chez nous, trouver un emploi quand on est handicapé, ce n'est pas facile… Alors aujourd'hui, elle est toujours chez ses parents. J'en ai parlé avec eux, ils s'inquiètent pour son avenir.

— Mmm… enregistra l'inspecteur. Et ce Fergusson, qu'est-il devenu ?

— C'est bien ça le problème ! s'exclama Jack Greene.

— Je vous explique, préféra continuer sa femme. Après avoir tiré sur Fiona, Malcolm est rentré chez sa mère – elle aussi habite Dornie –, il a pris quelques affaires, un sac, des cartouches de fusil, de l'argent, et est parti sur la lande.

— Il n'a pas été arrêté ? s'étonna l'inspecteur.

— Non, même pas. La police a envoyé des patrouilles avec des chiens, et même un hélicoptère, mais tout ça pour rien. Fergusson est resté introuvable. Aujourd'hui encore, personne ne sait où il se cache.

— Depuis deux ans ? douta Sweeney. Allons, il doit avoir quitté la région depuis longtemps. Le garçon a certainement trouvé refuge quelque part dans sa famille, au Royaume-Uni ou ailleurs, et s'est fait oublier… Non, conclut l'inspecteur, il y a peu de risques pour que cette affaire de fugitif ait le moindre lien avec les disparitions que vous évoquez. Pour ma part, je pencherais plutôt pour des marécages ou des tourbières, proposa-t-il.

Jack Greene s'emporta :

— Des marécages ? Mais s'il y avait un seul marécage aussi dangereux par chez nous, il y a longtemps que les anciens le sauraient, vous n'croyez pas ? Et que sont devenues les personnes disparues ? Elles ne se sont tout d'même pas volatilisées ! continua-t-il de s'énerver. Même si elles s'étaient perdues sur la lande, ou pire, qu'elles s'y étaient suicidées, depuis l'temps, on aurait bien retrouvé les corps. Non, pour moi, il y a autre chose… martela Greene, d'une voix mystérieuse.

— Autre chose ? releva Sweeney. Qu'est-ce que vous voulez dire ?

— Ce que je veux dire, reprit le cuisinier, en se redressant derrière son guichet pour se donner de l'importance, c'est que si vous écoutez les gens du coin, ils vous raconteront tous la même histoire : si des personnes disparaissent sur la lande de Glen Shiel, ce n'est pas à cause de Malcolm Fergusson, ou de marécages imaginaires. Non… Si vous voulez savoir pourquoi ils disparaissent, il faut être d'ici, et connaître la légende.

— La légende ? répéta le policier. Quelle légende ?

Mandy lança un regard lourd de reproches à son bougre de mari.

— Laissez, dit-elle. Jack est né dans la région – *J'en étais sûr !* jubila Sweeney – et il croit dur comme fer aux boniments des vieilles sorcières de nos villages. Je…

— Il a peut-être raison d'y croire… résonna soudain, lointaine mais assurée, la voix de l'homme au chapeau, à l'autre bout de la salle.

Je l'avais presque oublié celui-là ! sursauta l'inspecteur.

— Pardon, vous disiez ? lui renvoya le jeune policier.

— Rien. Je suis désolé, s'excusa l'homme en se levant. On ne devrait jamais se mêler de la conversation d'autrui, ajouta-t-il.

Puis il souleva son deerstalker, salua l'assistance, et quitta la salle en direction de sa chambre.

Qu'est-ce que c'est que cette histoire de légende? réfléchit Sweeney.

Avant de décider aussitôt: *Après tout, mieux vaut ne pas insister. Par ici, dans les Highlands, les gens entretiennent un tas de croyances saugrenues. En plus, avec le loch Ness dans les parages, et tous ces farfadets ou autres lutins qui gambadent sur la lande, il faut s'attendre au pire!* finit-il par sourire sans même s'en rendre compte.

— Archie, qu'est-ce qui t'amuse? lui demanda sa tante.

Il esquiva la question:

— Rien, une idée comme ça...

— Mister Sweeney, le relança toutefois Mandy Greene, quand je vous parle de Malcolm Fergusson, je suis sérieuse.

— Voyons Madame, quel intérêt aurait un fugitif à faire disparaître d'innocents promeneurs? Et si ce Fergusson est toujours là, à rôder sur la lande depuis deux ans, vous ne croyez pas qu'on l'aurait découvert depuis le temps?

— Justement: c'est peut-être ce qui est arrivé aux disparus! lui opposa Mandy.

Pendant un instant, la réplique fit mouche, et Sweeney resta muet.

— Si j'insiste, en profita Mrs Greene, c'est que j'ai mes raisons. En effet, Fergusson a bel et bien été vu sur la lande.

— Ah bon? nota l'inspecteur. Et par qui?

— Par Mary Jane Russell, répondit la jeune femme. Vous devez voir où se trouve son *croft*[8]:

8. Les crofts sont de petites exploitations sur lesquelles se replièrent les métayers, évincés par les chefs de clan, entre 1750 et 1880.

on l'aperçoit depuis l'A87, quand on se rend vers Eilean Donan Castle, juste avant Dornie, à environ deux cents mètres sur la droite.

— Oui, ça me dit quelque chose, confirma l'inspecteur.

— Mary Jane est dorénavant seule sur l'exploitation, précisa Mandy. Mais il y a dix-huit mois, elle a été agressée par Fergusson.

— Ça commence à dater, objecta son mari. Et puis la vieille n'a plus toute sa tête, fit-il remarquer, et il pointa son index à hauteur de la tempe.

— Bien sûr que si ! rétorqua sa femme. Elle m'avait raconté l'incident dans une boutique, quelques jours plus tard, et j'avais trouvé son histoire tout à fait crédible.

— Alors, qu'est-ce qu'elle vous a dit ? s'intéressa Sweeney, par pure opposition à Jack.

— C'était en hiver, reprit l'hôtelière. Cela faisait près de six mois que l'on n'avait plus entendu parler de Malcolm Fergusson. Ce soir-là, Mary Jane rentrait dans sa bergerie pour panser ses bêtes, lorsque tout à coup, alors qu'elle s'apprêtait à traire une brebis, un bruit bizarre a attiré son attention… Elle s'est dirigée vers les bottes de paille, au fond de la bergerie, et là, elle est tombée sur Fergusson qui ronflait ! Il s'est aussitôt réveillé. Il a poussé Mary Jane, l'a menacée, et il est reparti sur la lande, son fusil sous le bras. Depuis, je vous garantis que l'ancienne prend toujours soin de fermer la bergerie à clef !

— Vous croyez à cette mésaventure, l'interrogea l'inspecteur, ou bien c'est juste une histoire de bonne femme ?

— Mary Jane Russell n'est pas une originale, Mister Sweeney. Cela fait près de trente ans, depuis la mort de son mari et le départ de ses enfants, que la vieille dame fait tourner la ferme toute seule. Si elle n'avait plus la tête sur les épaules, il y a longtemps que son *croft* serait en ruine. Comme tous les autres d'ailleurs... regretta Mandy.

— Je vais aller la voir, décréta soudain le jeune homme. Son exploitation est sur ma route, juste avant les *Five Sisters*. Vous croyez que je peux lui rendre une petite visite ?

— Quoi ? protesta tante Midge. Tu ne vas quand même pas te mêler de ça ?

— Tante, j'en ai pour cinq minutes à peine. Et puis c'est sur mon chemin... Ne t'inquiète pas, je serai de retour pour dîner.

— Oui oui, tu m'avais dit ça aussi à Tenerife... persifla-t-elle à nouveau.

— Tante... se désola son neveu.

Avant de se tourner une dernière fois vers Mandy :

— Mrs Greene, l'incident avec Mary Jane, c'était il y a dix-huit mois. Mais depuis, est-ce que quelqu'un d'autre a vu ce Fergusson ?

— Non, je ne crois pas... Oh, de temps à autre, il y a bien quelques ivrognes, ou des gamins, qui vous racontent qu'ils l'auraient croisé au détour d'un *broch*[9], un soir de brume. Mais ce ne sont que des histoires, et ça ne veut rien dire. Moi, je reste persuadée que Fergusson est toujours là.

— D'accord, préféra conclure le policier... Bon ! lança-t-il tout à coup en se levant. Il est temps que je me mette en route.

---

9. Les brochs sont des tours de pierre fortifiées, érigées il y a près de deux mille ans.

— Sois prudent ! lui recommanda aussitôt tante Midge. Après toutes ces sornettes que l'on vient d'entendre… insinua-t-elle en adressant un regard sombre à la jeune Mandy. Je n'ai aucune envie qu'il t'arrive malheur quelque part sur la lande, comme à tes parents… Tu vois ce dont je veux parler[10] ? ajouta-t-elle en le fixant droit dans les yeux.

La remarque lui fit froid dans le dos.

— Tante, n'en rajoute pas ! lui reprocha-t-il.

Avant de vite retrouver sa bonne humeur :

— Et puis ne t'en fais pas pour moi. À la différence des autres randonneurs, je ne serai pas seul ! plaisanta-t-il, en brandissant son sand wedge.

Le jeune homme embrassa la vieille dame, en prenant garde de ne pas réveiller Berthie, salua de la main ses deux hôtes, puis franchit le seuil du Cluanie Inn tout en sifflotant un petit air de gigue.

Décidément, réfléchit tante Midge, *je le préfère en marcheur… Mais mon pauvre Archie,* sourit-elle enfin, *si tu veux rencontrer des filles, même sur un sommet qui s'appelle les « Cinq Sœurs », ce ne sera pas chose facile !*

---

10. Voir Meurtre au dix-huitième trou, *même auteur, même collection.*

Cinq sœurs…

Depuis l'A87, Sweeney aperçut la ferme de Mary Jane, isolée sur la droite de la route.

Tiens ? Des gouttes… observa-t-il encore le long de sa vitre. *Ce n'est rien*, jugea-t-il, *juste le brouillard matinal qui tombe : signe de beau temps !* s'empressa de conclure l'inspecteur. Avant de réaliser soudain : *Voilà bien une réaction d'Écossais ! Dès qu'il pleut, notre esprit se persuade que le soleil n'est jamais loin. C'est étrange… Comme si, au fil des générations, nous avions développé cette capacité à faire abstraction du mauvais temps… Voilà un processus évolutif que même Darwin n'aurait pas imaginé !* sourit-il.

L'inspecteur finit par ralentir puis, après avoir mis son clignotant, il se hâta de couper la nationale. Sa Ford vint alors buter sur un chemin caillouteux et défoncé, sur lequel ne devaient plus évoluer que de rares tracteurs ou des troupeaux de moutons.

Mince, se lamenta-t-il à chaque nouveau soubresaut de l'Escort, *j'ai dû me tromper. Il doit exister une autre voie pour accéder au* croft.

Mais en scrutant la lande alentour, puis les monts abrupts qui se dressaient derrière la ferme, Sweeney réalisa que le lit de torrent dans lequel il venait d'engager son véhicule constituait bel et bien l'unique lien entre Mary Jane Russell et la civilisation.

Bienvenue dans les Highlands! ironisa-t-il.

Après deux bonnes minutes de ce calvaire, le policier décida d'abréger les souffrances de sa voiture. Il stoppa à plus de cinquante mètres des bâtiments et se résolut à terminer à pied. *Mon échauffement avant les* Five Sisters… se consola-t-il.

En grimpant vers le *croft*, canne de golf sur l'épaule, Sweeney ne put que constater le relatif délabrement de la propriété: *Les murs n'ont pas été repeints depuis des lustres. La toiture principale donne des signes de fatigue, tandis que celle des dépendances est déjà totalement décatie. Quelle tristesse… Mais tout ça n'est que le fruit d'un millénaire de clanisme,* jugea-t-il. *L'Histoire n'a jamais été mon point fort, mais j'ai vite compris que l'image romantique de nos glorieux chefs de clan, ces manieurs d'épée irréductibles fièrement drapés dans leur plaid, n'était que pure foutaise hollywoodienne! La réalité, c'est que tous ces petits seigneurs locaux vérolés, au front étroit, n'ont cessé d'exploiter et d'affamer les* crofters. *Leur brutalité n'a jamais eu d'égale que leur cupidité…* soupira le jeune Écossais.

Mais puisqu'il n'avait toujours pas atteint la ferme, Sweeney profita des derniers mètres pour prolonger sa réflexion: *Dans ces conditions, il est étonnant qu'aucune véritable révolte n'ait jamais éclaté dans les Highlands. Mais peut-être aussi,* envisagea-t-il, *que notre société est restée soudée par pure opposition à l'ennemi héréditaire: l'Anglais!* s'amusa-t-il.

Eh oui, si l'Écosse est demeurée unie, c'est finalement grâce à la perfide Albion. Je n'aurais jamais cru penser cela un jour, mais... merci aux Anglais ! Après tout, ils sont le ciment de la nation écossaise !

Revigoré par ces joyeuses pensées, Sweeney finit de gravir le chemin en sifflant *Scotland the Brave*[11].

Au même instant, Mary Jane Russell sortit de chez elle :

— Bah tiens ! s'étonna la fermière. Vous êtes perdu ? C'est pas par là le Kintail, lui fit-elle remarquer, roulant les R comme seul un ruisseau des Highlands sait faire rouler les pierres.

Sweeney observa la vieille femme. Il lui sembla que Mary Jane avait toujours eu quatre-vingts printemps. Vêtue d'une robe à fleurs, d'un tablier bleu et de bottes en caoutchouc, la vieille Écossaise était petite, mais encore très robuste. Quant à son visage, amical quoique marqué par des stigmates mongoloïdes – *La consanguinité ? Ce n'est malheureusement pas si rare sur ces terres...* estima Sweeney – il était cerné par un foulard de tweed rabattu sur la nuque.

— Excusez-moi madame Russell, lui répondit son visiteur. Je ne vais pas sur les monts. Enfin pas tout de suite, je voulais...

— Vous me connaissez ? sursauta Mary Jane. Qui vous a dit mon nom ?

— Ah oui, pardon. Je suis en vacances au Cluanie Inn. C'est Mrs Greene, la gérante, qui m'a indiqué où vous habitiez.

— La petite Mandy ? Elle est gentille... sourit la vieille femme, dévoilant trois chicots plantés sur la mâchoire inférieure.

---

11. Célèbre hymne écossais.

— Oui très, confirma Sweeney. Je voulais… essaya-t-il d'enchaîner.

— Mais pourquoi est-ce que vous venez chez moi ? le coupa-t-elle encore. Le sentier de randonnée est beaucoup plus loin, ajouta-t-elle en lui désignant une vague direction sur la lande.

— Non, ce n'est pas ça ! s'agaça l'inspecteur. Je suis policier. Je voulais vous parler de Malcolm Fergusson.

— Ah bon ? s'inquiéta brusquement Mary Jane.

Elle prit alors le temps de jauger ce rouquin matinal à la barbe hirsute, muni d'une improbable tige métallique dont, habituellement, les beaux messieurs se servaient pour jouer au golf.

— Malcolm Fergusson ? répéta la fermière. Vous le cherchez toujours ?

Sweeney s'étonna que Mary Jane ne lui réclame pas sa carte, qu'elle ne lui pose pas plus de questions, bref : qu'elle ne mette même pas en doute son identité d'officier de police. *Bizarre… Si je commence à faire sérieux, c'est que je dois vieillir !* s'émut l'inspecteur.

Pour chasser ces idées négatives, Sweeney s'empressa de répondre :

— Non, madame Russell. Pas vraiment. Je voulais juste…

Mais encore une fois, Mary Jane lui coupa la parole :

— Pourquoi est-ce que vous venez me parler de ce Fergusson ?… Vous m'en voulez de n'avoir rien dit ?

— À quel sujet ? réagit le policier.

— Ben… Quand il est venu chez moi. C'est vrai,

continua-t-elle, j'en avais parlé à tout le monde dans les boutiques, ou à Dornie. Je pensais que ça suffisait… Vous comprenez, par chez nous, comme tout le monde répète tout, je me suis dit que les policiers finiraient eux aussi par le savoir. Pour être franche, avoua-t-elle, ça m'embêtait d'aller jusqu'au poste pour leur raconter ça. Ils ont autre chose à faire, et moi aussi. Je suis seule pour m'occuper du *croft*, vous savez, et mes journées sont bien remplies.

— Je m'en doute, acquiesça son jeune interlocuteur. Mais ne vous inquiétez pas pour ça. Non, si je viens, c'est parce que tout à l'heure, au petit-déjeuner, Mandy Greene m'a parlé des disparitions qui se seraient produites dans la région. Elle avait l'air de croire que Malcolm Fergusson pourrait être impliqué dans ces affaires. En outre, comme elle m'a dit que vous étiez peut-être la seule personne à l'avoir vu depuis sa fuite…

— La seule ? Ça, je ne sais pas. Pour ce qui est des disparus, ça oui, je suis au courant. On dit que plusieurs personnes n'ont jamais été retrouvées. C'est bien ça ?

— Oui, à ce qu'il paraît, confirma Sweeney. Qu'en pensez-vous ?

— Oh… parut hésiter Mary Jane. Moi, je dis que c'est possible.

— Quoi ? Qu'est-ce qui est possible ?

— Que ce soit Fergusson… Vous savez, moi maintenant, le soir, je ferme tout à clé. Je n'ai aucune envie de le voir revenir.

— Vous pouvez m'en parler ?

— De quoi ? rétorqua la fermière.

— Eh bien, de lui… De la fois où vous l'avez vu ?

Mary Jane prit tout d'abord le temps de s'essuyer les mains contre son tablier. Puis, comme si elle venait de consulter une montre, elle répondit :

— Bon, si vous voulez... Mais pas longtemps, hein ? À cette heure, il faut que je m'occupe des bêtes.

— Rassurez-vous, Madame. Pour ma part, j'ai prévu d'effectuer une longue randonnée. Il ne faut pas que je m'attarde non plus... C'était il y a un an et demi ? tenta de la relancer l'inspecteur.

— Oui. Quinze jours avant Noël, démarra aussitôt Mary Jane. Il faisait un froid ! se rappela-t-elle, tout en se frottant les épaules. Il m'a fait une de ces peurs le Fergusson, je vous jure !... Rendez-vous compte : il dormait dans la bergerie. Ça ne lui a pas fait plaisir que je le trouve... Moi, je n'y pensais même plus à ce garçon. Cela faisait bien six mois que l'on n'avait plus entendu parler de lui. Alors le trouver là, dans la paille...

— J'imagine, ponctua Sweeney.

— Je savais qu'il était en fuite, et ce qu'il avait fait à la petite Fiona. Mais, de vous à moi, il ne m'a jamais vraiment impressionnée. C'était même plutôt un brave garçon, avant ça... Mais là, quand je l'ai réveillé, il m'a repoussée d'un coup – c'est qu'il est costaud le bestiau ! s'exclama-t-elle en reculant de trois pas, comme pour mimer sa chute –, puis m'a menacée. Il m'a dit que si j'allais dire à la police que je l'avais vu, il reviendrait pour me descendre avec son fusil... Alors là, s'interrompit-elle, j'ai vraiment eu peur : je l'ai vu sortir sa carabine de derrière la paille. Je me suis dit : « Là ma vieille, ton heure a sonné ! ». Mais non, il l'a mise sous son bras et s'est sauvé sur la lande… Par là, ajouta-t-elle, en désignant les montagnes.

— Vous ne l'avez vu que quelques instants ? demanda Sweeney.

— Oh oui ! Ça n'a pas duré bien longtemps, confirma-t-elle. D'ailleurs, il est parti tellement vite qu'il m'a même laissé un souvenir, sourit Mary Jane.

— Ah ? releva l'inspecteur.

— Oui. Sa veste était restée dans la paille. Avec le froid qu'il faisait cette nuit-là, j'ai craint qu'il ne revienne la chercher. Alors j'ai préféré la déposer devant l'entrée, là, sur le banc de pierre. Au cas où… Et puis finalement non. Au matin, elle était toujours là… Je l'ai laissée jusqu'au nouvel An et puis, comme elle allait s'abîmer, j'ai fini par la ranger.

— Vous l'avez toujours ?

— Oui. Vous voulez la voir ? demanda naïvement la vieille femme.

— Non merci, déclina-t-il, en s'efforçant de dissimuler un sourire. Une autre fois peut-être. Sinon, j'y pense, Fergusson était rasé ?

— Quoi ? sursauta Mary Jane, interloquée.

— Oui. Je veux dire : portait-il une barbe, comme moi ?

— Euh… Non, parvint à se souvenir la fermière. Il était mal rasé, ça c'est sûr, mais rien de plus.

— Mmm… parut réfléchir son visiteur.

— Et vous ? poursuivit-elle. Vous croyez qu'il est toujours là ?

— Euh… Je ne sais pas, hésita l'inspecteur. Si personne ne l'a plus jamais revu, je dirais qu'il a quitté la région depuis longtemps.

— Mais on dit qu'il est toujours sur la lande… insista Mary Jane, les yeux agités.

— Ne vous en faites pas trop pour ça, tenta de la rassurer le jeune homme. D'ailleurs, je ne vais pas vous embêter plus longtemps. Il y a des « demoiselles » qui m'attendent, sourit-il, désignant à son tour les *Five Sisters* dans le dos de Mary Jane.

— Mais vous, la police, continua de s'inquiéter la fermière, vous allez le rechercher ?

— Non. Dorénavant, je ne crois pas… sourit-il encore. Bien, je vous laisse, conclut-il en lui serrant la main.

Mais Mary Jane le retint. *Ouf, quelle poigne !* s'étonna Sweeney. *L'ancienne devrait s'inscrire aux prochains Highland Games*[12] *!*

— Soyez prudent, lui dit-elle, mystérieuse. Ils sont déjà six ou sept à avoir disparu.

Tiens ? Déjà un ou deux de plus que Mandy, nota l'inspecteur.

Puis la vieille femme lui rendit sa main. Le policier la remercia une dernière fois et, soulagé, il put regagner son Escort.

De retour dans le confort mollasson de ses vieux sièges, Sweeney commença par contempler le sommet des *Five Sisters of Kintail : Maintenant les filles, à nous… six !* plaisanta-t-il, pour se donner du courage.

Toutefois, tout au long de l'interminable chemin cabossé qui le ramenait vers l'A87, un stupide, mais irrépressible frisson, ne cessa de lui parcourir le bas du dos. Comme si Malcolm Fergusson, le fugitif,

12. *Jeux de force traditionnels.*

était encore là, quelque part sur la lande… Oui, comme s'il l'observait… Comme s'il l'attendait !

*

Et voilà, 1 068 mètres ! Le Sgùrr Fhuaran ! se réjouit Sweeney. *Je n'ai pas traîné, mais je me sens un peu fatigué. Peut-être que tante Midge a raison, après tout. Ces derniers mois m'ont sans doute plus émoussé que je ne le pensais.*

Parvenu sur le plus élevé des cinq sommets des *Sisters of Kintail*, le jeune inspecteur décida de marquer une pause.

Il déposa son sac et s'assit à même la roche, le dos exposé au vent, tout en maintenant son sand wedge en appui contre ses jambes.

Immédiatement, une sensation de fraîcheur l'assaillit. *Le ciel est dégagé, mais le vent d'ouest reste vif*, remarqua-t-il. *En plus, avec l'humidité accumulée sous mon coupe-vent, si je m'attarde, je ne tarderai pas à geler sur place. Si j'attrape un rhume, qu'est-ce que tante Midge va me passer !*

Toutefois, pour lutter contre les effets du froid et, surtout, pour profiter du paysage grandiose des Highlands, Sweeney prit le temps de s'offrir une tasse de thé chaud. En ouvrant la thermos, une vapeur blanche et odorante s'échappa aussitôt du récipient. Chassée par la brise, elle donna l'impression de détaler, comme si elle tentait de se réfugier au plus vite au milieu des brumes, légères et délicates, qui s'accrochaient encore aux flancs des *Five Sisters*.

Ce thé noir, un délice ! se délecta Sweeney en savourant l'amertume des premières gorgées.

Puis le jeune homme observa la perspective alentour, son gobelet brûlant entre les mains. *Si je me souviens bien*, réfléchit-il, *devant moi, à l'est, se trouve la vallée* An Caorann Mór. *Au sud, la lande de Glen Shiel, reliant le loch Cluanie au loch Duich. Et si je me retourne, le loch Duich se prolonge dans mon dos avec, à l'ouest, plus loin encore, l'île de Skye, puis la mer du Nord…*

Immobile, l'inspecteur continua de déglutir son breuvage, sans autre pensée que la sensation de chaleur qui se faufilait à travers sa poitrine.

Mais tout à coup, une idée saugrenue finit par l'assaillir : *Dis-moi Archie, qu'est-ce que tu fais là ? Pourquoi es-tu perché si haut, au lieu de te contenter d'une simple promenade sur la lande ?… C'est vrai*, réalisa-t-il, *d'aussi loin que je me souvienne, j'ai toujours adoré gravir les* munros[13] *ou les montagnes. À onze ans déjà*, se rappela-t-il, *pendant un camp scout, j'avais échappé à la surveillance de mon groupe et j'étais parti, seul, grimper le Ben Nevis*[14]. *À mon retour, le révérend Bishop m'avait fichu une de ces gifles ! C'est qu'il avait la main lourde, le vieux singe…* sourit-il de sa mésaventure.

Sweeney avala une nouvelle gorgée de thé. Puis il comprit que le moment était venu de répondre à sa propre question : *Je crois que si je ne cesse de fuir la lande, c'est tout simplement parce qu'elle me fait peur… C'est là que mes parents sont morts, près de Crathes Castle. Je n'avais que cinq ans, mais la blessure est toujours en moi…* Il crut la ressentir au moment même où le liquide brûlant traversait son œsophage.

---

13. Nom donné aux pics de 3 000 pieds (914 m) ou plus.

14. Avec 1 344 mètres, le Ben Nevis est le point culminant des îles britanniques.

En grimpant sur les sommets, poursuivit-il, *je tente d'échapper à cette souffrance, incurable, qui me ronge depuis que je suis enfant. Tant que je ne saurai pas qui les a tués, je crois que je ne trouverai de répit que sur les montagnes… Mais tôt ou tard*, se désola-t-il, *il faut toujours que j'en redescende et que je renoue avec mes vieux démons…* Constatant que sa tasse était déjà vide, l'inspecteur émit un profond soupir. *Et puis*, s'agaça-t-il, *aussi longtemps que je ne serai pas en paix avec moi-même, je sais qu'aucune femme ne trouvera sa place dans ma vie.*

D'un coup, son regard se porta sur l'horizon, et ses pensées s'envolèrent vers Ilona…

— Tiens, bonjour ! claqua la voix dans son dos.

Sweeney sursauta : *Great Scott ! L'homme au deerstalker ! Il m'a fichu une de ces trouilles… Que fait-il là, celui-là ?* s'interrogea-t-il. *Et d'où vient-il ? Il n'a pas perdu de temps. À son âge, pour être déjà là, il doit parfaitement connaître la montagne.*

— Tout va bien ? Une petite pause ? lui demanda le client du Cluanie Inn, tout en poursuivant son chemin.

— Euh… Oui, confirma le jeune Écossais. Je profitais de la vue.

— Vous avez raison. Elle est magnifique par ce temps, répliqua l'homme à la barbe courte et soignée.

Avant, d'un pas énergique, de continuer à s'éloigner.

— Soyez prudent ! ajouta-t-il sans se retourner. Le vent est frais, et les nuages montent déjà depuis l'ouest. À ce soir !

Puis le deerstalker entama sa descente.

Ça alors… s'étonna Sweeney. *Je n'aurais jamais imaginé que le bonhomme était aussi bon marcheur.*

En tout cas, maugréa-t-il, *il semble en meilleure forme que moi.*

Mais l'inspecteur retrouva vite son insouciance : *Moi qui me croyais seul sur le Kintail… Finalement, ces « cinq sœurs » sont très courtisées !*

Amusé par sa boutade, Sweeney referma sa thermos et se redressa. Il ramassa son club de golf, endossa son sac, puis se résolut à quitter le *Sgúrr Fhuaran*.

Dommage qu'il fasse si froid, regretta-t-il, *je serais bien resté encore un peu à conter fleurette aux cinq demoiselles.*

À contrecœur, le jeune homme reprit sa marche dans la direction opposée à celle prise par le client de l'hôtel.

Pendant l'heure et demie que dura son retour dans la vallée, Sweeney ne croisa pas âme qui vive. Ce n'est qu'à trois kilomètres de sa voiture, alors qu'il foulait les premières bruyères colorant la lande, qu'une étrange silhouette se présenta sur son chemin. De part et d'autre du sentier s'avançait un troupeau d'une quarantaine de moutons à tête noire. Tout autour d'eux, courant et jappant joyeusement, s'affairait un jeune chien dont Sweeney n'aurait pas su préciser la race. Légèrement en retrait, marchait encore un homme de grande taille, portant cape et feutre à larges bords, suivi par un âne docile chargé de couvertures. Lorsque les premiers moutons arrivèrent à sa hauteur, l'inspecteur parvint à distinguer les traits de l'inconnu. Des cheveux bruns, longs et raides, tombaient de sous son curieux couvre-chef. Une moustache et de petits yeux noirs, surplombant un nez trop pâle, renforçaient la froideur de son visage. Enfin, le manteau long et râpé qui le couvrait des épaules jusqu'aux chevilles et ne laissait dépasser qu'une main armée d'un lourd bâton, apparaissait délavé, comme s'il avait essuyé les pires orages du Kintail.

Plus l'homme avançait, et plus la fixité de son expression, ainsi que la sensation d'immobilité de ses membres sous la cape, accroissaient l'étrangeté de sa silhouette.

Impressionné, et vaguement inquiet, Sweeney préféra jouer la carte de l'ironie: *Qu'est-ce que c'est que ce gugusse? Ah oui, je le reconnais maintenant: le Dark Vador des Highlands!*

Décontracté par sa plaisanterie, l'inspecteur continua d'approcher d'un pas léger.

Mais dès qu'il fut à portée de voix, et sans même avoir pris la peine de le saluer, l'inconnu lui lança soudain, sur un ton rauque:

— Il est tard! La nuit va bientôt tomber. Ne traînez pas, c'est dangereux par ici!

Puis, après l'avoir dépassé avec son âne, il ajouta:

— Dépêchez-vous… Rentrez chez vous!

Sweeney resta figé, tandis que le berger et son troupeau s'éloignaient sur la lande.

Que je rentre… Mais en Écosse, je suis partout chez moi! se défendit-il. *Je n'ai pas besoin de tes conseils… Ou de tes menaces*, crut deviner le randonneur. *Drôle de type tout de même…* pensa-t-il encore. *Pourquoi dit-il que l'endroit est dangereux? À cause des disparus? Et pourquoi veut-il que je rentre chez moi? Parce qu'ici c'est chez lui, peut-être? Étrange…* rumina Sweeney.

Pour finir, le jeune homme préféra tourner les talons, avant de se mettre à siffloter *Amazing Grace*[15].

Peu importe: dans moins d'une heure, je serai de retour au Cluanie Inn, se réjouit-il. *Fier d'avoir conquis les Cinq Sœurs!*

Puis l'inspecteur poursuivit sa route, canne sur l'épaule et chanson sur les lèvres.

---

15. L'un des chants chrétiens les plus connus dans les pays anglo-saxons, mais aussi l'un des succès de la cornemuse écossaise.

Visites à Dornie

Jeudi 8 juin, dix heures trente.

En abordant Dornie depuis l'est, Sweeney eut la sensation que le soleil matinal éclairait la ville comme un projecteur. Sur la gauche, les maisons paraissaient délicatement enserrées par le bleu scintillant du loch Duich et, sur la droite, par le vert éclatant des derniers contreforts des *Five Sisters* qui, négligemment, laissaient traîner leurs jupons dans la fraîcheur du loch. *Comme l'Écosse est belle…* s'émerveilla le jeune inspecteur.

Machinalement, il jeta un coup d'œil sur sa montre : *Une vingtaine de minutes à peine pour venir du Cluanie Inn. Tout va bien, je serai à l'heure pour mon rendez-vous,* se rassura-t-il.

En effet, en dînant la veille à l'auberge au retour de sa randonnée, Sweeney avait fait part à Mandy Greene de son réel intérêt pour les mystérieuses disparitions qui touchaient non seulement l'établissement, mais aussi le reste de la région. Il lui avait déclaré que, parallèlement à son programme de vacances, il s'efforcerait de trouver une explication à ces énigmes. D'autant que le témoignage de Mary Jane Russell, au sujet de Malcolm Fergusson, lui semblait tout à fait plausible.

La gérante de l'hôtel, bravant les regards incendiaires de tante Midge, avait rougi de plaisir, remercié son hôte d'un baiser sur la joue, et lui avait indiqué que, s'il le souhaitait, le correspondant de la gazette locale – un certain Alex Peacock de Dornie, qui avait couvert ces événements – serait en mesure de lui fournir de plus amples renseignements.

Dès la dernière bouchée de son roboratif *clootie dumpling*[16] avalée, Sweeney avait aussitôt appelé le journaliste. La voix, jeune et enthousiaste, s'était empressée de lui donner rendez-vous pour le lendemain matin, à dix heures trente, devant son domicile.

Au grand désespoir de tante Midge…

…Peu après avoir dépassé la jolie maison rose qu'Alex Peacock lui avait désignée comme point de repère dans le village, le policier aperçut sur sa gauche, piaffant d'impatience, un grand jeune homme blond. *Je parierais que c'est mon journaliste*, présuma-t-il.

Le barbu stoppa à hauteur du passant, récupéra son club de golf, puis s'extirpa du véhicule.

À peine eut-il refermé la portière que le jeune homme se précipitait déjà vers lui :

— Pardon… Euh, bonjour… Vous… Vous êtes l'inspecteur Sweeney ?

16. *Spécialité de pudding écossais fourré de raisins secs et de raisins de Corinthe.*

— Oui, bonjour. Alex Peacock ? demanda le visiteur en lui tendant la main.

Le journaliste afficha un sourire radieux. Âgé d'une vingtaine d'années, le cheveu ondulé, et vêtu d'un Shetland vert, le jeune homme arborait un regard bleu, à peine dissimulé par une fine paire de lunettes ovales derrière laquelle se lisait sa joie d'accueillir le – déjà – célèbre enquêteur.

— Je… Je suis très flatté de vous rencontrer, Mister… Mister Sweeney, bégaya-t-il, tout en lui secouant vigoureusement la main.

L'émotion, sourit l'inspecteur, *ou un véritable défaut d'élocution ?*

— Quand… Quand vous m'avez appelé hier soir, poursuivit-il, j'ai eu peine à y croire. Vous… Vous à Dornie, dans notre petite ville, c'est… c'est inespéré ! Je… Je pourrai faire un article ?

— N'y pensez même pas, malheureux ! plaisanta Sweeney. Si mon supérieur vient à découvrir ce que je fais de mes vacances, je suis bon pour un blâme. Ou pire encore, pour une nouvelle astreinte de week-end !

— Il… Il y a peu de chances pour que votre chef lise notre petit quotidien, sourit Peacock.

— Il est vrai que la position du *Scotsman*[17] à Édimbourg est assez inébranlable, continua de plaisanter le policier. Mais tout de même, conclut-il, je préférerais que notre entretien reste privé. Je peux compter sur vous ?

— Dom… Dommage, regretta le journaliste. Peut-être une autre fois ?

---

17. Fondé en 1817, le Scotsman est le plus important et le plus ancien quotidien de la capitale écossaise.

— Oui peut-être, répéta Sweeney… Mais je ne vais pas vous déranger longtemps, enchaîna-t-il. Comme je vous l'ai dit au téléphone, je souhaitais simplement…

— Vous… Vous voulez entrer ? le coupa Peacock. J'habite juste là. Je vous ai tout préparé sur mon ordinateur, le tenta-t-il.

— Eh bien… D'accord, accepta l'inspecteur.

Ravi, le jeune journaliste fit demi-tour, avant de guider son visiteur vers une demeure à la façade étroite et sombre.

Pas de chance, pesta Sweeney. *Toutes les maisons de la rue arborent des couleurs chatoyantes, et la seule que je vais découvrir est celle qui fait grise mine. Tant pis.*

— Pardon, s'excusa Alex, en précédant le policier… Ne faites pas attention au désordre, le prévint-il, alors qu'ils traversaient la cuisine. Je… Je suis célibataire.

Pas de souci, ça ressemble à chez moi, admit Sweeney. *Même si avec Ilona, je…*

Peacock l'interrompit dans ses réflexions :

— Mon… Mon bureau est à l'étage, dit-il en l'entraînant dans un escalier branlant, au bois gorgé d'humidité.

— C'est… C'est là, annonça-t-il, avant de tourner à droite dans une pièce exiguë qui, jadis, avait dû servir de chambre.

Une longue planche surchargée de piles de livres, de journaux, de classeurs, d'un ordinateur en marche, et simplement déposée sur deux tréteaux instables, faisait office de table. Puis trois petites armoires ouvertes, débordant de documents mal rangés, emplissaient ce qu'il restait d'espace. Enfin, deux tabourets pliants, placés de part et d'autre du périlleux édifice de la table-planche, constituaient les seules surfaces préservées des papiers épars.

Effectivement, on se croirait chez moi, confirma l'inspecteur, amusé.

— Euh… Alors comme ça, vous êtes journaliste?

— Non… Enfin oui, corrigea Alex Peacock. En fait, hésita-t-il encore, je suis étudiant. Mes piges pour la gazette me permettent de financer mon année.

— Et qu'est-ce que vous étudiez? s'intéressa son visiteur.

— Je termine mes études d'ingénieur piscicole, répondit-il. Mon… Mon rêve, d'ici trois ou quatre ans, serait de monter mon propre élevage de saumons bio. Vous… Vous devez être au courant, poursuivit-il, l'élevage actuel dégrade de façon irrémédiable l'environnement. Je… Je reste persuadé, argumenta le jeune homme, qu'une ferme piscicole respectueuse de nos eaux, sans pression productiviste, serait tout de même rentable. Et que…

— Et sinon, tenta le policier pour le faire dévier, le reste du temps, vous couvrez l'information dans la région de Dornie?

— Vous… Vous avez raison, répondit Peacock, comprenant l'impatience de son interlocuteur. D'ailleurs, j'avais tout préparé, précisa-t-il, avant d'aller s'installer sur le tabouret face à l'ordinateur.

— Asseyez-vous, dit-il à Sweeney en désignant l'inconfortable siège de l'autre côté de la table.

Merci, grimaça l'inspecteur. *Dommage que je n'aie pas mon dictaphone*, regretta-t-il. *On aurait pu abréger l'entretien. Sur ce maudit strapontin, je ne tiendrai pas plus de cinq minutes.*

D'un mouvement de sa souris sans fil, Alex Peacock réveilla l'écran somnolent.

— Pour… Pour Malcolm Fergusson, commença-t-il, si j'ai bien compris, vous connaissez déjà toute l'histoire ?

— Je crois que oui, lui confirma l'enquêteur. C'est Mandy Greene qui me l'a racontée hier, au petit-déjeuner.

— À… À l'époque, je n'étais pas encore le correspondant local de la gazette, précisa le journaliste. Je n'ai débuté qu'à l'automne dernier, après le décès du vieux Travis. Mais je connaissais bien Malcolm, et surtout Fiona.

— Ah bon ? releva le barbu.

— Oui. J'ai… J'ai fait toute ma scolarité dans la même classe qu'elle, jusqu'au lycée. On s'est toujours bien entendus. Quant… Quant à Fergusson, il avait deux ou trois ans de plus que nous. Alors je le fréquentais moins. Et… Et puis Fergusson, ça a toujours été un rustaud. Je n'ai jamais compris ce que Fiona pouvait bien lui trouver.

Une pointe d'amertume perçait dans la voix du jeune homme.

— Al… Alors, le jour où c'est arrivé – j'étais à Glasgow –, j'ai à peine été surpris. Heureusement qu'il ne l'a pas tuée, ajouta Peacock, sans lever les yeux de son ordinateur. Mais bon maintenant, pour elle… laissa-t-il entendre.

— Elle est en fauteuil, c'est ça ? demanda Sweeney.

— Oui. Mais… Mais si vous voulez, s'éclaira subitement le visage d'Alex, je peux l'appeler tout à l'heure. Si vous souhaitez la rencontrer, je lui dirai qui vous êtes. Je crois qu'elle serait heureuse de vous voir.

Vous… Vous savez, elle ne reçoit plus beaucoup de visites depuis son accident. Et dorénavant, ses parents se méfient des garçons qu'elle fréquente.

— Je ne pense pas qu'il soit nécessaire de la déranger, objecta l'inspecteur.

Le journaliste afficha une mine déçue, avant de baisser à nouveau les yeux.

— Euh… Je ne sais pas, on verra… tenta de se rattraper Sweeney.

Au même instant, une mouette vint se poser sur le rebord de la fenêtre. Surpris par sa propre témérité, l'oiseau contempla les deux hommes d'un œil apeuré, poussa un cri, avant de s'envoler à nouveau.

Amusé par la scène, Alex Peacock changea d'idée :

— Pour… Pour Fergusson en tout cas, personne ne sait ce qu'il est devenu. Depuis deux ans, même si tout le monde vit dans la peur de le voir resurgir un jour, on n'a plus jamais eu de ses nouvelles. Et franchement, je… je me demande bien qui le cache, ou alors, qui a organisé son départ.

— Ses parents ? proposa l'enquêteur.

— Il n'a plus que sa mère, lui rappela Alex. Et elle n'a pas un sou. Alors non, je ne sais pas, douta-t-il encore.

— À part Mary Jane Russell, vous savez si quelqu'un d'autre l'a réellement rencontré depuis sa fuite ?

— Vrai… Vraisemblablement non. Mais même Mary Jane, je ne suis pas certain. Elle a peut-être tout inventé. L'ancienne ne…

— Je ne suis pas de votre avis, le coupa Sweeney. Je l'ai rencontrée hier, et la précision de son témoignage m'a convaincu.

— Par… Parce que vous avez déjà rencontré Mary Jane ? s'étonna le journaliste.

— Oui. Mrs Greene m'avait indiqué son *croft*. Je suis passé la voir avant d'aller randonner.

Un sourire mêlé de surprise, et d'admiration, illumina les traits du jeune Alex.

— Vous êtes vraiment un grand inspecteur, le flatta Peacock.

— Non non, se défendit Sweeney. Juste curieux… Mais tout de même, insista-t-il, vous croyez que les disparitions dont m'a parlé Mandy pourraient avoir un lien avec la cavale de Malcolm Fergusson ?

— Je… Je vous avoue que j'ai été surpris que vous me parliez de ça hier soir, répondit le jeune homme. Toutes ces histoires ne sont que le fruit des peurs irraisonnées des villageois. Il… Il ne faut pas…

— Pourtant, l'interrompit l'inspecteur, cela fait quand même quatre ou cinq disparitions qui se…

— Huit ! le coupa Alex. Si l'on compte Fergusson, cela fait déjà huit personnes dont on est sans nouvelles.

— Comment ? sursauta Sweeney. Tant que ça ?

— Bien… Bien sûr, affirma Peacock. Et si je vous parle de peurs infondées, c'est parce que les deux premières disparitions se sont produites *avant même* la fuite de Fergusson sur la lande.

— Hein ? bêla l'enquêteur.

— Mais oui ! insista le journaliste, tout en continuant de scruter l'écran de son ordinateur.

Mais qu'est-ce qu'il est en train de lire, à la fin ? songea tout à coup le barbu. *Est-ce que ce ne serait pas…*

N'y tenant plus, Sweeney embarqua son tabouret-confetti sous le bras, sans oublier son sand wedge. Puis il alla se planter aux côtés du jeune Peacock.

— Ah, mais… Mais c'est la liste des disparus. Avec les noms, et les dates aussi… C'est bien ça ?

— Oui. Je… Je l'avais préparée pour vous.

— Je pourrais en avoir une copie ?

Sans même lui répondre, Alex s'empressa de lancer l'impression du document. Dans leur dos, une imprimante, perdue sous des monceaux de journaux, se mit à vibrer.

— Merci, lui dit le policier.

Puis il reprit :

— Alors, les deux premiers…

— Fred Belford et Maggie Lawson, lut Peacock. Leur… Leur disparition avait été signalée par la gazette, respectivement six et quatre mois avant que Malcolm ne tire sur Fiona.

— Alors ça !… s'étonna Sweeney. Et avant ?

— Avant, rien du tout. Ou alors ça date de Mathusalem. Mais… Mais ensuite, Fergusson disparaît à son tour. Et… Et après ça, cinq autres disparitions sont encore survenues. Dont trois clients du Cluanie Inn.

Dans la liste, l'inspecteur reconnut alors les noms que Mandy Greene lui avait indiqués.

— Mmm… médita-t-il, tout en s'étonnant de l'apparente absence de réaction de ses collègues locaux.

Alex enchaîna :

— Vous… Vous voyez ? Il y a de tout : des hommes, des femmes, des jeunes et des vieux, originaires de la région ou pas, qui peuvent se volatiliser aussi bien l'été que l'hiver. Il… Il n'y a pas de règle. Ils peuvent être clients du Cluanie Inn, mais pas seulement. Le seul point commun entre eux, commenta le journaliste, c'est… c'est qu'ils se sont probablement aventurés seuls sur la lande. Et que l'on n'a jamais retrouvé leur corps. Pfft! souffla Peacock. Éva… Évaporés!

Songeur, Sweeney finit par demander:

— Dites Alex, est-ce que vous avez remarqué si ces disparitions se produisaient dans une même zone?

— Ou… Oui, nous avons notre « triangle des Bermudes », sourit le jeune homme. En gros, il s'agit du village de Shiel Bridge, avec aussi la lande de Glen Shiel à l'ouest des Cinq Sœurs, et enfin le loch Cluanie.

— C'est un peu vaste, mais c'est déjà intéressant, nota le policier.

— C'est… C'est tout à fait juste, acquiesça Peacock, une lueur de malice dans les yeux.

Cette lueur soudaine n'échappa pas à Sweeney:

— Alex… Dites-moi, je suis sûr que vous avez une idée.

Flatté que le célèbre inspecteur lui demande son avis, le journaliste ne bouda pas son plaisir:

— Je… Je crois que j'ai une hypothèse, reconnut-il.

— Très bien, l'encouragea son visiteur. Voilà qui pourrait nous aider. Alors?

— Eh bien… Ce… Ce n'est qu'une hypothèse… hésita Peacock.

— Dites toujours. Vous savez, dans la police, nous procédons également de cette manière.

— Vraiment?

— Mais oui. Lancez-vous.

— A… Alors voilà, commença le jeune homme. J'ai bien réfléchi, et il me semble que la meilleure explication à toutes ces disparitions, c'est que… c'est que peut-être qu'en réalité, personne n'a jamais disparu !

— Pardon ?

— Oui. Je peux vous en parler ?

— Bien sûr, ça m'intéresse, lui confirma Sweeney. Qu'est-ce qui vous fait dire ça ?

— J'ai… J'ai fait ma petite enquête, reprit Alex. Rien de plus normal pour un journaliste de terrain ! se moqua-t-il de lui-même. En… En fait, précisa-t-il, c'est un secret de Polichinelle. Dans la région, tout le monde sait que Donovan McLeod…

— McLeod ? La famille qui possède Eilean Donan ?

— Oui. Mais le propriétaire du château, c'est son frère aîné, Angus McLeod… Quant à Donovan, c'est un très grand promoteur. Sa dernière idée consiste à implanter sur la lande un immense parc animalier, dans lequel il… il réintroduirait des espèces rares ou disparues : ours, loup, lynx, etc. Toutes ces bestioles évolueraient en totale liberté, et…

— Quoi ? sursauta l'inspecteur.

— Oui, je… Je vous assure. Et les visiteurs de ce parc seraient accueillis dans un hôtel de luxe – on parle également d'un golf –, à partir duquel en… en 4x4, en VTT, ou à pied, ils partiraient à la découverte des « bêtes sauvages », plaisanta Peacock. Les gens du coin ont même appelé ça le « Highlands' Safari » !

— Mais… Je ne vois toujours pas le rapport, fit remarquer Sweeney.

— J'y… J'y viens, bégaya de nouveau le jeune homme. Si… Si les McLeod possèdent déjà de nombreuses terres, cette surface ne leur suffit pas encore, loin de là, pour mener à bien leur projet. Il leur faut donc acquérir un maximum d'hectares, et ce, dans un minimum de temps.

— Je commence à comprendre… murmura l'enquêteur.

— J'ai… J'ai fini par me demander, conclut Alex, si toutes ces disparitions n'avaient pas été orchestrées par Donovan McLeod lui-même, pour… pour alimenter une rumeur et faire baisser le prix du terrain. D'ailleurs, affirma-t-il, depuis deux ans, le promoteur rachète à tour de… de bras. Encore quelques mois, et il atteindra son objectif. Même si je crois qu'actuellement, précisa le journaliste, un autre acheteur lui donne un peu de fil à retordre. Sû… Sûrement un type qui cherche à le devancer, pour l'obliger à lui racheter les terres au prix fort.

— Attendez ! réagit brusquement Sweeney. Si pour les disparitions « extérieures », on peut toujours imaginer que ce Donovan a eu recours à des complices, pour les locaux, comment expliquez-vous qu'ils se soient volatilisés du jour au lendemain ?

— Le… Le clan McLeod est riche à millions, le renseigna Alex. Pour… Pour eux, ce serait un jeu d'enfant de faire miroiter une rente à vie à un pauvre bougre du coin, assortie d'un appartement du côté des Baléares ou… ou de l'île de Malte.

— Tiré par les cheveux, mais envisageable, approuva l'inspecteur. Toutefois, que faites-vous du cas Fergusson ?

— J'y… J'y ai pensé, affirma Peacock. Donovan McLeod a… a pu finir par tomber sur lui. Ou c'est ce dernier qui sera venu le voir. N'oubliez pas que Malcolm était l'un de leurs gardes-chasse. Bref, Donovan finance sa cavale, en… en échange de son silence. Ainsi, McLeod réalise un coup génial en plaçant sur les terres qu'il convoite un… un éternel fugitif, dont la présence provoquera la chute des prix. Machiavélique, non ?

Le policier ne répondit pas, mais adressa un large sourire au jeune journaliste. Avant de lui demander :

— Alex, très franchement, quel crédit accordez-vous à votre propre hypothèse ?

Peacock regarda brièvement par la fenêtre et déclara :

— Inspecteur, je vous l'ai dit : je suis un scientifique. Je… Je ne « crois » pas aux rumeurs, j'ai besoin de preuves.

Puis il marqua une courte respiration, avant de conclure :

— Or, si les disparitions de ces deux dernières années sont le fruit du hasard – et je reconnais que cela reste statistiquement possible –, je dis cependant que… que ce « hasard » sert parfaitement les… les intérêts de… de Donovan McLeod.

Sweeney retourna un regard complice au jeune Peacock :

— Merci, Alex. Un grand merci même, pour toutes ces informations. Ainsi que pour vos brillantes déductions !

— De… De votre part, c'est un compliment qui me va droit au cœur ! rougit le journaliste.

*

Sweeney avait décidé d'aller déjeuner au pub de Dornie. Toutefois, son repas se résuma vite à une pinte de bière brune, tout juste agrémentée d'une portion de *kippers*[18] de Mallaig. En effet, le dos tourné à la salle, et le nez face à des tableaux idiots représentant divers poissons de mer ou de lac, le jeune homme avait rapidement ressenti les regards hostiles qui s'appesantissaient sur sa nuque. Pour les habitués du pub, nul doute que ce *Sassenach*, équipé d'un club de golf suspect, ne pouvait avoir que de mauvaises intentions pour oser s'aventurer dans l'un des hauts lieux de la « culture » locale. Alors, son maigre déjeuner à peine avalé, l'inspecteur s'était empressé de quitter cet infâme coupe-gorge. Puis il était sorti pour s'aérer la barbe, au milieu des vents que l'étroit goulet de l'*Inner Sound*[19] précipitait à longueur d'année en sifflant dans les rues de Dornie. Étrangement, les bruits, les odeurs, ainsi que les souvenirs qui lui parvinrent alors depuis l'île de Skye, lui donnèrent l'impression d'être toujours aussi chargés de l'amertume des drames qui s'y étaient déroulés un an plus tôt[20].

Je n'ai toujours pas tourné la page, réalisa Sweeney, *mais j'ignore encore pourquoi, et ce qui peut bien me marquer à ce point… C'est très certainement ce malaise, plus que la fatigue, que tante Midge aura décelé hier matin*. Le policier consulta sa montre, puis changea brusquement d'idée: *Quatorze heures, très bien. Je vais prendre la voiture pour me rendre chez Fiona Kelly.*

---

18. Spécialité de harengs fumés.

19. Détroit à l'ouest de Dornie séparant les îles de Skye et de Raasay de la Grande-Bretagne.

20. Voir Les démons de l'île de Skye, *même auteur, même collection.*

Mais j'espère que ce n'est pas une erreur... hésita-t-il alors. *Car c'est uniquement par sympathie pour Alex que j'ai accepté de la rencontrer. En effet, pour mes petites investigations, cet entretien n'a plus grande valeur : maintenant que je sais que les disparitions ont commencé avant même la fuite de Fergusson... Toutefois,* se ravisa le policier, *j'ai bien compris que, grâce à moi, Alex était heureux de pouvoir offrir à son amie une visite qui sort de l'ordinaire. Finalement,* se résigna-t-il, *ce sera ma B.A. de la journée !*

L'Escort parcourut quelques centaines de mètres avant de s'immobiliser devant l'adresse indiquée par le jeune Peacock. Le numéro douze trônait au-dessus d'une vieille porte en bois, curieusement exposée à l'ouest et donc, logiquement, blanchie par le sel des vents dominants. Au moment de sonner, Sweeney préféra cesser de réfléchir, puis appuya sur le bouton.

Dès qu'ils lui ouvrirent, les Kelly affichèrent une mine hébétée. Les parents de Fiona attendaient un as de la criminelle, un superflic, pas ce... pas cet... pas cet énergumène !, flanqué d'une canne de golf et à la barbe hérissée par le souffle marin !

Comme pour mieux protéger sa femme de cette vision désastreuse, le père s'avança :

— Vous êtes l'inspecteur ? grogna sa grosse tête rouge. Qu'est-ce que vous voulez ?

Ça ne va pas être simple, frémit Sweeney.

Pour se mettre en confiance, le policier tenta de capter le regard de la mère de Fiona, en retrait sur la gauche. Mais Mrs Kelly, avec ses bras croisés sur la poitrine, une longue natte brune dans le dos, et un visage blanc mêlé de tristesse et de dureté, ne donnait pas l'impression d'être plus conciliante que son mari.

Cependant, j'ai le sentiment qu'elle n'a pas toujours été ainsi, crut deviner l'inspecteur. *Le drame qui les a frappés l'a probablement repliée sur elle-même, ainsi que sur sa douleur… Il est clair qu'ils ne me laisseront pas entrer. Je ne vais pas m'attarder*, décida-t-il. Ce qu'il s'empressa de leur annoncer :

— Hem… Bonjour. Merci de me recevoir… Je ne vais pas vous importuner longtemps. Je… Je venais…

Sweeney hésita, conscient de l'incongruité d'une démarche qui ne pouvait que raviver la blessure de ces gens.

— Ah mais… Bonjour ! claqua la voix enjouée d'une jeune femme. C'est moi que vous venez voir ?

Fiona Kelly déboula dans le couloir, de toute la vitesse de son fauteuil.

— Inspecteur Sweeney ? Quel honneur ! sourit-elle, en lui tendant une main couverte d'un gant de cycliste. Quand Alex m'a appelée tout à l'heure, j'ai bien cru à une blague !

Fiona avait dû être grande et mince. Mais les deux années qu'elle venait de passer, immobile dans son fauteuil, l'avaient tassée, et l'action perpétuelle de ses bras sur les roues avait considérablement développé ses épaules. En revanche, son visage mutin, agrémenté de taches de rousseur ainsi que d'un nez en trompette bien proportionné, reflétait mieux sa vraie personnalité : Fiona respirait la joie de vivre. L'agression qu'elle avait subie n'avait en rien altéré sa vivacité, pas plus que son charme.

Au contraire, songea même son visiteur, troublé.

Les deux parents se placèrent de part et d'autre de leur fille, donnant implicitement le signal que l'entretien pouvait commencer.

— Bonjour Mademoiselle, la salua Sweeney. Ravi de vous rencontrer.

— Et moi donc! continua de se réjouir Fiona. Si on m'avait dit ça ce matin… Ce n'est pas tous les jours que l'on a la chance de recevoir la visite d'une célébrité. Surtout une fille comme moi! plaisanta-t-elle.

L'enquêteur lui retourna son sourire. Mais devant la froideur persistante du couple Kelly, il comprit qu'il était temps de rentrer dans le vif du sujet:

— Miss… J'espère que vous ne m'en voudrez pas de venir vous questionner à ce sujet. D'autant plus qu'il ne s'agit nullement d'une enquête officielle…

— Ce n'est pas grave, le rassura Fiona. Puisque ça me donne l'occasion de vous parler!

— Bien, merci… Voilà: je cherche à comprendre comment, et surtout pourquoi, plusieurs personnes ont disparu sur la lande ces dernières années. Certains disent que Malcolm Fergusson pourrait être impliqué dans ces disparitions. Vous qui le connaissez bien, vous…

— N'importe quoi! riposta instantanément la jeune handicapée. Malcolm a fait ce qu'il a fait, et il aurait mieux fait de se livrer à la police. Mais à part ça, il est incapable de faire du mal à qui que ce soit!

La défense farouche du fugitif par sa propre victime ne manqua pas de surprendre Sweeney.

Ça alors, si je m'attendais… C'est bizarre. Est-ce que Fiona serait toujours amoureuse de Malcolm après ce qu'il lui a fait? Ou alors, osa-t-il envisager, « *à cause* » *de ce qu'il lui a fait?… Après tout, j'ai déjà vu ce cas de figure*[21].

---

21. *Voir* L'étrange sourire de Pamela Dove, *même auteur, même collection.*

Pendant qu'il réfléchissait, Fiona poursuivit son monologue :

— Non, les gens s'imaginent n'importe quoi, répéta-t-elle. Je sais ce qu'ils racontent : que Malcolm rôde quelque part sur la lande, et qu'il s'en prend aux randonneurs imprudents. Et de préférence les nuits de pleine lune, bouh ! se moqua-t-elle, la paume des mains écartée de part et d'autre du visage.

Elle continue dans le même registre, observa le policier. *Et si... Parfait, profitons-en pour vérifier une petite hypothèse :*

— Fiona, tant que l'on n'aura pas de nouvelles de Fergusson, poursuivit-il, et qu'il ne se sera pas rendu, on ne pourra pas empêcher les gens de parler. C'est inévitable... Surtout qu'une cavale aussi longue ne peut se concevoir sans un soutien extérieur.

— Comment ? sursauta la jeune femme. Vous voulez dire que...

— Je veux dire, la coupa Sweeney, que votre ancien petit ami bénéficie forcément de complicités.

Les traits des parents Kelly se tendirent brusquement.

Avant que l'insupportable rouquin ne leur assène le coup de grâce :

— Fiona, j'y pense : et vous, depuis deux ans, vous n'avez jamais revu Malcolm ?

Le visage de l'handicapée se figea.

Celui de son père, en revanche, s'empourpra instantanément :

— Quoi ? Qu'est-ce c'est que ça ? Qu'est-ce que vous insinuez ? Non mais, salaud de flic !... C'est pour nous balancer ça que vous êtes venu ? Vous ne croyez pas que ma fille a suffisamment souffert ?

Fiona inclina le visage, complètement désemparée. Sa mère, sans échanger un mot avec son mari, et sans que son expression n'ait varié d'un iota, sut qu'il était temps d'agir. Elle saisit les poignées du fauteuil et lui fit aussitôt faire demi-tour. Au dernier moment, Fiona détourna la tête, plongeant un regard empli d'une profonde mélancolie dans celui de Sweeney. Puis la porte claqua brutalement dans son dos.

L'inspecteur demeura seul sur le trottoir, la mine ahurie, et sa gêne brinquebalée par le vent d'ouest.

Great Scott ! Mon vieil Archie, tu avais déjà quelques belles conn… à ton palmarès, se désola-t-il, *mais là franchement, je te félicite : celle-là est magnifique !*

Malheureux, et meurtri par l'incident dont il était la cause, le jeune homme s'empressa de trouver refuge dans sa voiture. Puis, sans tarder, il quitta Dornie.

Sur le bout de la « lande »

Il était dix-sept heures trente lorsque Sweeney éteignit son moteur, garant l'Escort à l'arrière d'un Cluanie Inn dont la blancheur se trouvait déjà menacée par l'ombre montante des collines.

En pénétrant dans la salle de séjour, le jeune inspecteur sursauta : *Quoi ? Tante Midge attablée avec le deerstalker et disputant une partie de scrabble endiablée ? Si je m'attendais...*

— Bonsoir... s'annonça le policier.

— Archie ! se réjouit sa tante... C'est Archie ! répéta-t-elle à son partenaire de jeu, arborant un sourire qu'habituellement, elle réservait au seul révérend Davis. Viens ! invita-t-elle son neveu : je te présente Robert Butler.

Le sexagénaire souleva son curieux couvre-chef, dévoilant une calvitie prononcée.

Voilà pourquoi il ne le quitte jamais. Coquetterie... se moqua Sweeney.

— Robert, reprit tante Midge – *Elle l'appelle déjà Robert ?* s'étonna son neveu –, est historien.

Professeur émérite à l'université de Glasgow ! ajouta-t-elle, sur un ton respectueux.

Tante est toujours impressionnée par les titres ou les diplômes, nota Sweeney. *C'est sûrement lié au fait qu'elle n'a pas eu les moyens financiers de poursuivre ses propres études, et qu'à ses yeux, elle n'est restée qu'un « petit » professeur de mathématiques.*

Le jeune homme déposa son sand wedge et son sac à dos, puis les rejoignit à table. Aussitôt, Berthie en profita pour venir lécher les doigts de son maître.

— Où donc étais-tu passé ? lui reprocha tante Midge. Je t'ai attendu pour déjeuner... Est-ce que tu as mangé au moins ?

— Oui oui... répondit négligemment l'inspecteur. J'étais à Dornie. Mon rendez-vous, tu sais. Puis j'ai traîné un peu et je suis finalement repassé chez Mary Jane Russell.

— La propriétaire du *croft*, à l'est du village ? demanda Robert Butler. Je la connais bien. C'est une figure de la région, ajouta-t-il.

Le ton de l'historien parut immédiatement sympathique à Sweeney.

La discussion s'engagea rapidement.

L'universitaire, avenant et courtois, complimenta le jeune homme pour ses exploits d'enquêteur :

— Pardonnez-moi, mais je ne me doutais pas que c'était vous... Quel flair ! Votre tante m'a raconté vos enquêtes, pendant que nous jouions au scrabble... D'ailleurs, nous n'avons pas vu passer l'après-midi, n'est-ce pas Marjorie ? lança-t-il à sa nouvelle amie.

La vieille dame rougit, tout en lui retournant un regard complice.

Génial! sourit Sweeney. *Les anciens n'ont pas perdu leur temps. Je ne m'attendais pas à devoir tenir la chandelle!*

— Qu'est-ce qui t'amuse? devina tante Midge.

— Ah? Euh… Rien… Rien du tout, mentit son neveu. Au fait, essaya-t-il de détourner la conversation, et vous Mister Butler? Que vient faire un historien sur les *Five Sisters*?… J'ai noté que vous étiez un excellent marcheur, le complimenta-t-il à son tour.

— Oh, je ne suis pas en vacances, répondit le sexagénaire. Ma promenade d'hier s'inscrivait dans le cadre de mes recherches… En effet, je dois encore affiner quelques relevés avant de pouvoir publier l'an prochain – dans deux ans au plus tard, m'a promis l'éditeur – un ouvrage inédit sur la bataille de Glen Shiel.

— Hein? La bataille de quoi? s'étonna Sweeney.

— L'Histoire n'a jamais été le point fort d'Archie, se moqua sa tante.

Le jeune homme lui retourna un regard noir.

— Non vraiment, vous ne connaissez pas? demanda Butler. Je vais vous la raconter.

Le professeur déposa son deerstalker sur la table.

Aïe! s'inquiéta le policier. *Nous voilà partis pour une conférence qui pourrait s'éterniser jusqu'au dîner…*

Mais en dépit des craintes de Sweeney, Robert Butler retraça de façon très vivante le déroulement de la bataille de Glen Shiel. En 1719, celle-ci avait opposé les forces britanniques de Lord Wightman aux Espagnols et à leurs alliés jacobites[22] écossais, commandés par Lord George Murray, Lord Seaforth,

---

22. Partisans de Jacques II, chassé du trône d'Angleterre par Guillaume d'Orange.

mais aussi par le célèbre Rob Roy[23]. Au terme d'un violent combat de plus de trois heures, au cours duquel les trois chefs écossais avaient tous été grièvement blessés, les deux cent soixante-quatorze Espagnols survivants avaient été faits prisonniers par les Anglais.

— Quant aux jacobites rescapés, termina l'historien, à neuf heures du soir, craignant d'être exécutés comme traîtres à la Couronne, ils préférèrent s'enfuir dans le brouillard… Et c'est là que ça devient intéressant ! jubila tout à coup Robert Butler.

— Que voulez-vous dire ? s'étonna Sweeney.

— Bien sûr ! insista l'universitaire. Car c'est là que se trouve l'origine de la légende… Je vous explique : on raconte qu'un impétueux cavalier britannique, un dragon, s'élança seul sur la lande, sabre au clair, à la poursuite des derniers fuyards jacobites. Il s'enfonça à son tour dans le brouillard… pour ne plus jamais revenir !

— Jamais ? répéta l'inspecteur.

— Non, et les jacobites non plus, compléta Butler. C'est à cette légende que faisait référence Jack Greene l'autre soir… Dans le coin, poursuivit-il, elle reste très vivace. On continue de raconter aux gamins une espèce de *Sleepy Hollow*[24] local, où le fantôme d'un cavalier vêtu de rouge erre sur la lande, les nuits de brouillard, à la recherche de têtes écossaises à couper.

---

23. Rob Roy (1671-1734) fut le leader charismatique de l'un des clans les plus sauvages d'Écosse, le clan Gregor. Il devint un hors-la-loi célèbre, défenseur des pauvres.

24. Nouvelle de Washington Irving, parue en 1819, où le fantôme d'un cavalier hessois, décapité par des soldats anglais, erre dans les bois à la recherche de sa propre tête.

— Brrr ! plaisanta tante Midge. Ça donne envie de se calfeutrer chez soi, autour d'un bon feu et d'une tasse de thé.

— C'est exactement l'effet recherché, souligna l'historien. Dans toutes les cultures, on trouve ce genre de légendes qui n'ont pour seul but que d'effrayer les gosses, afin de dissuader les plus téméraires d'entre eux de s'aventurer hors du domicile familial.

— Mmm... acquiesça Sweeney.

— Et toutes ces rumeurs autour de Malcolm Fergusson, ajouta Butler, ne sont finalement que le prolongement moderne de cette bonne vieille légende.

— Mais si j'ai bien compris, le taquina tante Midge, c'est plutôt notre fuyard qui aurait tout à craindre du « cavalier de Glen Shiel ». Ce fantôme n'a pas l'air de beaucoup aimer les Écossais !

— Tout à fait, lui confirma l'historien. D'autant plus, conclut-il, que la date anniversaire de la bataille... c'est après-demain.

— Comment ? sursauta Sweeney.

— Oui, la bataille s'est déroulée le 10 juin 1719, lui confirma Robert Butler. Et le 10 juin, c'est précisément après-demain.

Le jeune policier devint pensif.

— Justement... Je ferais mieux de me dépêcher, marmonna-t-il.

— Te dépêcher de faire quoi ? s'inquiéta tante Midge.

Plutôt que de lui répondre, Sweeney se baissa, ramassa son sac à dos, et le déposa sur ses genoux. Rapidement, il en extirpa... une veste en velours.

— Qu'est-ce que c'est que cette horreur ? s'indigna tante Midge, en découvrant la fripe malodorante qu'exhibait son neveu.

— La veste de Malcolm Fergusson ! clama le jeune homme, en brandissant la loque comme un étendard. Mary Jane me l'a confiée tout à l'heure.

— Quoi ? protesta la vieille dame. Et que comptes-tu en faire ?

— Je vais la faire sentir à Berthie, rétorqua l'inspecteur. C'est un ratier après tout. On ne sait jamais, ça peut marcher.

Comme s'il avait déjà compris, le teckel se dressa sur ses pattes arrière et, en appui sur les genoux de son maître, il tenta de renifler le bout de tissu.

— N'importe quoi ! décréta tante Midge, la mine contrariée. Quelle idée… soupira-t-elle.

Mais, observant le sourire amusé de Robert Butler, elle réagit aussitôt :

— Et quand comptes-tu faire ça ? Ne me dis pas que…

— Dès ce soir, la coupa Sweeney, enthousiaste. Rien de tel pour digérer le haggis de Jack Greene !

La vieille dame le dévisagea, consternée.

Inutile de préciser que sa mauvaise humeur persista durant tout le dîner…

*

Le jour commençait à décliner. En roulant vers l'ouest, Sweeney avait admiré le soleil couchant qui plongeait lentement dans les eaux glacées de la mer du Nord. Peu avant Dornie, l'inspecteur repéra la piste menant chez Mary Jane Russell et s'y engagea de nouveau. Les secousses endurées par la voiture furent telles qu'il préféra couper ses phares, de peur de les voir éclater au prochain soubresaut.

Puis une brume rampante le surprit à mi-chemin, l'obligeant à interrompre sa difficile progression.

Tant pis, songea Sweeney. *Ou plutôt tant mieux : mon Escort aurait fini par rendre l'âme, et je ne suis plus qu'à une centaine de mètres du* croft. *Je vais poursuivre à pied.*

En éteignant son moteur, le policier fut étonné par le profond silence qui l'entourait. Seule une faible lueur provenant de la ferme, et les ronflements de Berthie sur la banquette arrière, restèrent perceptibles par ses sens. Même les *Five Sisters*, masquées par la brume, finirent par disparaître de son champ de vision.

Ça ne marchera pas, douta l'inspecteur, les mains sur le volant. *J'essaie pendant cinq minutes, après je rentre*, décida-t-il. Puis il s'empara de son sand wedge et sortit du véhicule. Sweeney ouvrit son coffre pour y récupérer la veste de Malcolm Fergusson, ainsi que la lampe torche que lui avait confiée Jack Greene. *Curieusement*, pensa-t-il, *j'aurais mieux fait d'emmener son propriétaire avec moi. Ou même Robert Butler*, envisagea-t-il, *mais notre « séducteur » préférait continuer à jouer au scrabble avec ma tante. Quel dragueur ce Robert !* s'amusa le jeune barbu.

— Berthie ! appela-t-il son chien. Berthie, sors de là. Nous sommes arrivés. Allons, viens !

Sweeney fit claquer le coffre, pour réveiller l'animal, puis fit descendre ce dernier du côté passager.

— Viens mon chien… Oui, c'est bien. Tu es prêt ?

Devant la mine hébétée du teckel, l'enquêteur se mit à douter de son audacieuse initiative : *Drôles de vacances… Qu'est-ce que je fais là, à la nuit tombée, au beau milieu de la lande ?... Comment espérer retrouver la trace d'un fugitif disparu il y a deux ans avec, en plus, l'aide d'un chien qui n'a jamais suivi la moindre piste ? Mon pauvre Archie, tante Midge a raison : tu es complètement « sinoque » !*

Sweeney ne put s'empêcher de sourire, en se remémorant l'expression qu'avait arborée sa tante en prononçant ce mot tout droit sorti d'un autre siècle. Mais il décida finalement d'aller jusqu'au bout de sa démarche, songeant qu'il n'avait rien à perdre : *Allons, ce n'est pas le moment de reculer. Qu'est-ce que je risque, à part une moquerie de ma tante ?... En avant, oublions cette appréhension ridicule de la lande, les histoires à dormir debout de Robert, et tentons notre chance !*

Pour se donner du courage, l'enquêteur se mit à fredonner un air bien rythmé du groupe *Franz Ferdinand*[25], et appela son chien :

— Berthie ! Allez, à toi de jouer... Sens ! Vas-y, sens !

Sweeney lui colla la veste du fugitif sous la truffe, persuadé que son teckel allait plutôt essayer de la boulotter. Mais, à sa grande surprise, Berthie renifla le tissu, prit un air intelligent – ce qui ne lui arrivait pas souvent –, détourna le museau puis, après avoir humé l'air, partit en direction du *croft*.

— Berthie, attends !

L'inspecteur s'empressa d'allumer sa lampe. Il épaula son sand wedge, fourra la veste de Fergusson sous son bras et détala derrière son chien.

— Berthie, doucement !... Berthie !

Le teckel, nez et ventre à terre, semblait démangé par une improbable urgence.

---

25. Célèbre groupe de rock écossais.

Mais qu'est-ce qu'il a ? s'étonna le policier. *Ce n'est pas possible ! Il n'est quand même pas sur la piste de Fergusson ?*

Assez vite, la trajectoire de l'animal dévia sur la droite du *croft*.

— Berthie, où vas-tu ? Il n'y a rien par là…

Mais puisque la lumière de la ferme demeurait visible, Sweeney décida de ne pas s'inquiéter et laissa faire son chien.

Ça monte maintenant, et Berthie ne ralentit toujours pas… Où est-ce qu'il m'emmène ?

— Berthie, ralentis… Doucement !

Peine perdue. Le teckel poursuivait au même rythme, indifférent aux injonctions de son maître.

Dans la brume, la dernière lueur du *croft* finit par disparaître. *Quelque part dans mon dos, vaguement sur la gauche*, tenta de mémoriser Sweeney.

— Berthie !

C'est gagné, se désespéra l'inspecteur. *Je ne vois plus la ferme… Comment vais-je faire pour retrouver la voiture maintenant ? C'est que je n'ai pas pensé à prendre la portière pour la lui faire sentir !*

— Berthie, attends-moi…

Mais plus la brume s'épaississait, et plus le teckel accélérait. Soudain, le chien s'arrêta net, stoppé par un ruisseau perpendiculaire à sa route.

Qu'est-ce que c'est que ça ? Où sommes-nous ? Je ne me souviens pas d'avoir vu un…

Mais le ratier ne lui laissa pas le temps de réfléchir. Berthie n'hésita pas longtemps et sauta dans l'eau. Puis il en ressortit d'un bond, poursuivant sa course en avant.

— Berthie ! Où vas-tu ? Arrête !

Que fait-il? Je croyais que l'eau trompait l'odorat des chiens? À moins... Sweeney comprit aussitôt, et enjamba le ruisseau : *Le filet est trop étroit. Berthie a retrouvé la piste de l'autre côté.*

Peu après, une nouvelle zone humide vint rafraîchir les semelles du jeune inspecteur.

Mince, je vais être trempé... Et avec toute cette eau, la piste risque de s'arrêter là.

— Berthie, doucement!... Pas trop vite!

Le teckel paraissait se moquer de cette boue dans laquelle ses courtes pattes, mais aussi ses oreilles, pataugeaient déjà. Et il continua d'accélérer.

— Mais vas-tu t'arrêter, sale bête? Je ne te vois plus... C'est dangereux par ici, doucement!

Tout à coup, un frisson lui parcourut le bas des reins : *Qu'est-ce que c'est que ce marécage? Cet endroit ne me dit rien qui vaille... Great Scott! Et si c'était là que les autres avaient disparu?*

— Berthie! Reviens! Au pied!... Berthie, au pied!

Mais plus Sweeney hurlait, plus le « floc floc » régulier des pattes du chien s'éloignait. Et plus sa torche peinait à retrouver le teckel dans la brume.

Qu'est-ce que je fais? Je ne vais quand même pas laisser Berthie se perdre sur la lande!... Et moi? réalisa-t-il soudain. *Sans mon chien, c'est moi qui suis perdu!*

Affolé, le policier dressa l'oreille. Il tenta de repérer le bruit dorénavant distant de l'animal, puis se dépêcha de partir à sa poursuite.

— Berthie, attends-moi!

Satané chien! Tu vas voir si je t'attrape!

Tout en serrant le manche de son sand wedge, Sweeney sentit monter le long de ses doigts des envies... criminelles.

— Berthie, vas-tu m'attendre !

En vain. L'inspecteur avait beau agiter le faisceau de sa torche, ce dernier ne parvenait plus à percer la brume. Le jeune homme, les chaussettes mouillées jusqu'aux mollets, n'en finissait plus de maudire sa propre idée, ainsi que ce fichu chien qui ne se décidait toujours pas à ralentir.

Je vais le perdre... craignit Sweeney.

Par chance, le terrain se fit à nouveau plus pentu. L'humidité s'estompa, et le bruit émis par le teckel se rapprocha rapidement.

— Berthie !... J'arrive, attends-moi...

Enfin, le pinceau de la lampe repéra le dos du chien.

Trempé, les poils collés contre la peau, le teckel s'acharnait à renifler la lande. Même un brusque fossé ne suffit pas à le ralentir, alors que son maître, surpris, manqua de trébucher.

Mince, j'en ai marre ! pesta l'inspecteur qui, cependant, préféra ne pas s'attarder pour retrouver au plus vite la trace du ratier.

Peu après, la course du duo fut brusquement interrompue par ce qui ressemblait à une colline. Berthie hésita, puis se mit aussitôt à grimper.

— Ho ! Où vas-tu ? Je ne peux pas te suivre !

Heureusement, Sweeney entendit son chien s'arrêter bientôt, avant de commencer à gratter.

— Qu'est-ce qu'il y a ?... Berthie ? Qu'est-ce que tu as trouvé ?

Si ce corniaud a levé un lièvre, c'est lui que je transforme en civet !

L'enquêteur s'accrocha à la pente, posa une ou deux fois le genou à terre, mais réussit à rejoindre l'animal.

Dès qu'il eut assuré son équilibre, il pointa sa torche sur Berthie, observant le chien qui tentait de se frayer un passage sous un amas de grosses pierres.

Qu'est-ce que c'est ? Une grotte ? s'interrogea Sweeney.

— Attends, j'arrive.

Mais au même instant, à force de gratter, le ratier parvint à se faufiler sous la roche et disparut dans la cavité.

— Berthie ! *Shit !* explosa son maître. Je vais te tuer !

Aussi vite qu'il le put, l'inspecteur déblaya le passage. Après avoir balayé l'entrée du boyau avec sa lampe, il s'y glissa à son tour à quatre pattes.

Qu'est-ce que c'est que ce truc ? On dirait le refuge d'un gros animal… Heureusement qu'il n'y a plus d'ours dans les Highlands, sinon je…

— Wouah ! Wouah ! aboya soudain le teckel dans la caverne.

— Berthie, la ferme ! Tais-toi !… J'arrive.

En aveugle, Sweeney se traîna quelques mètres encore, suivant de son mieux le coude formé par le boyau, et finit par toucher son chien du bout des doigts. Il caressa l'animal sans le voir, se mit à genoux puis, enfin, prit le temps de braquer la lampe dans sa direction…

— *Great Scott !* s'exclama Sweeney, terrorisé.

Avant de reprendre ses esprits :

— OK Berthie, bon chien… Cette fois, je crois que tu as trouvé !

*

Un squelette !… sursauta Sweeney.

Involontairement, le policier recula. Son chien en fit de même et se blottit contre les cuisses de son maître.

Une fois sa peur surmontée, l'inspecteur s'efforça de maintenir la lampe braquée sur son incroyable découverte. Le squelette se présentait habillé. Vêtu d'une chemise épaisse, d'un pantalon usagé, ainsi que de gros brodequins, le corps était demeuré assis, les bras ballants, la tête enfouie entre les genoux. Des morceaux de chair grise étaient encore apparents sur les mains, ainsi que sur la tête. On distinguait également des touffes de cheveux frisés, accrochées sur les côtés du crâne.

Il n'a plus de veste… observa Sweeney.

Puis le faisceau de la torche s'échappa légèrement sur la droite, éclairant soudain… *une carabine!* se réjouit l'inspecteur. *Je parie que c'est Fergusson!*

— Berthie, je te félicite, annonça le policier à son chien, en lui secouant les oreilles en guise de récompense.

De quoi est-il mort? réfléchit-il. *De faim? De froid? De maladie?… Quoi qu'il en soit, quelle triste fin, seul dans ce trou… On cherchait Fergusson* « sur » *la lande, et il était* « en dessous ».

— Tu vois Berthie, lui déclara son maître, notre fuyard n'était pas loin… On l'avait « sur le bout de la *lande* »! s'amusa-t-il… Sur le bout de la *lande*, répéta le jeune homme. C'est marrant, non?

Mon dieu Archie, finit-il par se ressaisir, *qu'est-ce que tu racontes? Tu perds la tête!… Calme-toi*, comprit-il, *ce n'est qu'un cadavre. Tu en as déjà vu d'autres, non?… Alors imagine qu'il s'agit d'une scène de crime et comporte-toi en professionnel.*

Aussitôt, tout en veillant à ne pas rompre le fragile équilibre du squelette, Sweeney décida de fouiller dans les poches du défunt.

Un portable… Déjà démodé, et sûrement pas en état de marche… Et ça? Bingo: une carte de fidélité. L'inspecteur lut les indications sur le rectangle de plastique, parfaitement préservé. *C'est bien lui, Malcolm Fergusson… Tu as perdu tes bonnes joues, mon garçon, mais tes cheveux bouclés sont toujours là…* plaisanta-t-il en comparant le cadavre et sa photo. Puis il empocha les deux objets. *Rien d'autre… Bizarre, j'aurais pensé trouver des cartouches de fusil, un briquet, ou même une lampe de poche… Comment et pourquoi es-tu mort là, Malcolm?* songea-t-il encore. *Et depuis combien de temps? Qui t'a…*

Au même moment, un bruit sourd et régulier, martelant la terre, l'empêcha de poursuivre sa réflexion.

Qu'est-ce que c'est que ça, maintenant? On dirait…

Comme pour confirmer son idée, Sweeney observa son chien: le regard apeuré du teckel traduisait la même appréhension…

Bon sang, un cheval! devina-t-il, et sans plus réfléchir, le policier éteignit sa lampe.

Par réflexe, Sweeney recula jusqu'au fond du trou. Il y prit la même position que le squelette, puis cessa de respirer. Les coups de marteau des sabots, courant à travers le sol, continuèrent de s'approcher. Berthie, collé contre son bras gauche, fit alors mine de vouloir gronder. Le jeune policier s'empressa de lui passer la main autour de la gueule, muselant aussitôt l'animal. Petit à petit, la cavalcade ralentit, puis le cheval donna l'impression de trotter tranquillement sur la droite de la grotte, à une distance si proche que Sweeney ne chercha même pas à l'estimer.

Malheureusement, au même instant, la seule pensée que le policier aurait voulu refréner, celle qu'il s'interdisait à tout prix, lui traversa tout de même l'esprit : *Le cavalier de la légende… Le cavalier de Glen Shiel !*

Une peur viscérale s'empara de lui, et Sweeney sentit son corps se replier involontairement dans une position comparable à celle d'un fœtus. Il eut l'impression que toutes ses fonctions vitales, et même sa réflexion, se déconnectaient. Seules ses oreilles, captant le « tac-a-tac-a-tac » lancinant du dehors, demeurèrent en éveil. Le bruit parut s'approcher encore, comme s'il cherchait l'entrée de la grotte. Puis, doucement… très doucement, trop doucement… le bruit reprit ses distances… lentement, très lentement, trop lentement… Jusqu'à s'éteindre. Au terme d'un délai indéfinissable, le cœur et la respiration de Sweeney redémarrèrent.

Qu'est-ce que c'était que ça ? osa-t-il enfin se demander. *Un cheval ? À cette heure, dans le brouillard ? Quelle frousse !*

Le policier relâcha la pression sur le museau de son chien. Ce dernier demeura aussi silencieux que son maître.

Quelle frousse ! se répéta Sweeney. *J'aurais juré. Non, je n'ai pas rêvé… C'était bien un cheval, là, dehors ?…*

Rassuré par le calme qui régnait à nouveau sur la lande, l'inspecteur s'éloigna du squelette de Malcolm Fergusson. Puis il se résolut à regagner l'entrée du boyau. Sweeney risqua un œil au-dehors et constata que la brume avait encore épaissi.

Dans une gymnastique intellectuelle digne des meilleurs contorsionnistes, il décréta que son imagination s'était totalement laissé aller ; que la peur provoquée par la découverte du cadavre l'avait submergé, et que, finalement, il n'y avait jamais eu le moindre cheval sur la lande !

Fort de cette conviction, l'inspecteur trouva le courage de s'extirper de la caverne – mais, curieusement, il prit soin de ne pas rallumer sa lampe –, puis s'efforça de colmater à nouveau l'entrée de la grotte. Son travail achevé, Sweeney s'assura qu'il n'avait rien oublié – chien, club de golf, torche et veste.

Avant de se retourner vers Berthie :

— Bien, mon chien… Et maintenant, si tu nous ramenais à la voiture ?

Guerre des clans

Vendredi 9 juin, quatorze heures.

— Pardon tante, un appel… s'excusa Sweeney, avant de quitter la table.

— Tu pourrais penser à éteindre ton maudit appareil, lui reprocha la vieille dame.

— Désolé Robert, se justifia-t-il également auprès de l'historien qui partageait leur déjeuner.

Butler lui adressa un signe de tête compréhensif.

Dommage pour le haggis, regretta Sweeney en s'éloignant. *Il avait l'air délicieux.*

Parvenu à l'autre bout de la salle, l'inspecteur songea à vérifier le nom qui s'affichait sur son portable : *Andrew Tolston… Tolston ? Mais je le connais. C'est…*

Le temps de décrocher, et les fonctions de son interlocuteur lui revenaient déjà en mémoire :

— Docteur, c'est vous ?… Oui, bonjour… Alors, c'est vous qui avez hérité du squelette ? Mais dites-moi, on s'est bien rencontrés sur l'île de Skye, l'an passé[26] ?

---

26. *Voir* Les démons de l'île de Skye, *même auteur, même collection.*

— Vous vous souvenez de moi ? s'étonna la voix amicale du légiste.

— C'était il y a un an à peine, lui répondit Sweeney. Vous aviez gardé mon numéro ?

— Oui, comme si je me doutais qu'une fois encore, vous alliez me donner du travail en pleine nuit ! plaisanta Tolston… Qu'est-ce que vous êtes venu faire sur la lande de Dornie ? Vous ne pouviez pas rester à Édimbourg ? se moqua-t-il.

— Je suis en vacances dans la région, commença l'enquêteur, et je…

— Je vois ça ! lui rétorqua le médecin. Dites donc, vous avez une drôle de conception du tourisme, vous ! ironisa Tolston.

— Merci de le prendre de cette façon… lui renvoya Sweeney. Ça me change des réactions de mes autres collègues.

— Pourquoi ?

— Disons que mon homologue, l'inspecteur John Carraway, n'a pas beaucoup apprécié mon appel d'hier soir… Être dérangé à vingt-trois heures pour aller récupérer un squelette perdu au fond d'un trou, quelque part sur la lande, et par une nuit de brouillard en plus… Je me suis fait quelques amis au commissariat.

— Et je les comprends ! continua de plaisanter Tolston. Moi-même, quand je m'y suis rendu cette nuit, et même avec les indications fournies par Carraway, il m'a fallu plus d'une heure pour trouver cette fichue grotte… Elle est assez loin de la route, et l'agent qui me guidait s'est trompé de chemin à deux reprises. Nous avons même failli nous enliser dans un marécage.

— Oui, je l'ai traversé moi aussi… Et le corps ? enchaîna Sweeney. Vous l'avez déjà sorti ?

— Bien sûr, affirma le légiste. Il est chez moi, bien au frais, à Glasgow. D'ailleurs, je vous appelle depuis la salle d'autopsie. Est-ce que vous voulez parler à votre ami le squelette ?

— Non merci ! se mit à rire le jeune inspecteur. Mais j'y pense… Si vous m'appelez, Docteur, vous… Vous avez déjà des résultats ?

— Oui, je m'y suis attelé dès mon retour. Puisqu'il était trop tard pour me recoucher… Et puis quand Carraway m'a annoncé que c'était vous qui aviez découvert le squelette, je me suis dit que je ne pourrais pas résister bien longtemps au plaisir d'entendre votre voix !

— Euh… Carraway est avec vous ? Qu'est-ce qu'il en pense ?

— Non, le détrompa le médecin. À vrai dire, je n'ai toujours pas appelé son service.

— Comment ? s'étonna le policier.

— Oui, j'ai travaillé seul. Et je préférais réserver la primeur de mes réflexions au « découvreur » de Malcolm Fergusson.

— Eh bien merci Docteur, vous me flattez. Mais vous êtes sûr que c'est lui, au moins ?

— Non pas encore, reconnut Tolston. Je vérifierai son dossier dentaire dès que j'aurai mis la main dessus. D'ici le milieu de la semaine prochaine, je pense. En revanche, reprit le légiste, ce dont je suis d'ores et déjà certain, c'est qu'il s'agit bien d'un homme – l'étroitesse du bassin est sans équivoque –, plutôt robuste, et la taille correspond également à celle de Fergusson. La probabilité que nous ayons affaire au fugitif est donc assez forte. D'autant plus que vous avez découvert une carte d'identité, n'est-ce pas ?

— Oui, lui confirma Sweeney.

Mais la curiosité de l'inspecteur était loin d'être satisfaite. Il enchaîna :

— Docteur, c'est certainement encore un peu tôt, mais avez-vous déjà une idée de ce qu'il lui est arrivé ?

— Commençons par le commencement, répliqua Tolston. Ce que l'état du squelette nous apprend, c'est que notre individu est probablement décédé il y a dix-huit mois environ. Bien sûr, il me faudra encore vérifier les conditions particulières qui règnent dans la grotte – elles ont pu retarder, ou accélérer, le processus de dégradation des parties molles –, mais j'aurais tout de même tendance à me prononcer pour un décès survenu il y a un an et demi, au cours de l'hiver.

Cela correspond au passage de Fergusson chez Mary Jane, ne put s'empêcher de noter Sweeney. *Ce qui impliquerait*, prolongea-t-il aussitôt sa réflexion, *que le fugitif n'est pour rien dans les disparitions qui se sont produites* « après » *cette date. La fin d'un mythe !…* conclut-il.

— Docteur, insista toutefois le jeune inspecteur, de quoi est-il mort ?

— Je n'ai pas constaté la moindre blessure ni la moindre lésion apparentes sur les os, lui apprit Tolston. Le squelette est intact. Je dirais que, si le décès est survenu pendant l'hiver, notre homme est – peut-être – tout simplement mort de froid !

— Vous croyez ?

— En tout cas, c'est possible… Hypothermie pendant le sommeil, et hop ! Il n'a même pas souffert.

Sa mort serait aussi stupide que cela ? réfléchit Sweeney. *Les gens du coin vont être déçus… À moins,* hésita-t-il… *À moins… À moins qu'il ne soit mort « de peur » ?* osa-t-il envisager.

Pendant ce temps, Tolston terminait :

— Non, il s'est abrité dans la grotte, pensant y être en sécurité, et s'y est endormi. Pour ne plus jamais se réveiller… Voilà tout.

L'inspecteur garda le silence, songeur, et lui-même un peu déçu par le pronostic du légiste.

— Et les autres ? demanda-t-il soudain.

— Quels autres ? s'étonna le médecin.

— Oui, il n'y avait qu'un seul cadavre dans ce trou… Or, ce sont au total huit personnes qui ont disparu ces deux dernières années. Il en reste donc sept à découvrir.

— Vous avez sûrement prévu d'autres « promenades » avant votre retour à Édimbourg ? plaisanta Tolston… Dommage que vous n'ayez pas d'autres vêtements à faire renifler à votre chien. Car c'est bien ainsi que vous avez trouvé Fergusson, n'est-ce pas ?

Tout à sa réflexion, Sweeney ne prêta aucune attention à la question du légiste. Il enchaîna :

— Je ne sais pas… Peut-être existe-t-il d'autres anfractuosités de ce type à proximité de la grotte… Ou bien des marécages… Ou qui sait, des sables mouvants peut-être ?…

— Hé ho Sweeney, stop, pas trop vite ! Mes tiroirs sont déjà pleins ! le taquina Tolston. Alors si jamais vous en découvrez sept autres !

— D'accord, Docteur. Je vais me calmer, se mit à rire le policier.

— Et puis profitez un peu de vos vacances, lui conseilla son ami. Vous nous avez déjà bien assez aidés comme ça, non ? Laissez à Carraway le temps d'orienter son enquête.

— Et vous, pensez à l'informer de vos résultats, lui rappela Sweeney.

— Ne vous en faites pas pour ça… Merci encore, lui lança Tolston. Heureux de vous avoir parlé.

— Plaisir partagé, lui renvoya l'inspecteur en raccrochant.

Les mains sur les hanches, la mine soucieuse, le jeune homme reprit lentement contact avec la réalité du Cluanie Inn.

Bien… Tante et Robert sont déjà passés au dessert, observa-t-il. *Et puis…* hésita Sweeney. *Non, si je leur parle de mon idée, tante Midge va encore me traiter de fou… Sa soirée a déjà été suffisamment mouvementée, et sa nuit écourtée, par les conséquences de ma découverte… Non,* décida-t-il enfin, *tant pis pour le dessert. Je verrai si je leur en parle plus tard.* Abandonnant son sand wedge à la garde de tante Midge, le policier se dirigea vers les cuisines : *Allons voir si Jack Greene est derrière ses fourneaux. Lui, je suis sûr qu'il pourra me renseigner.*

Sweeney traversa la réception provisoirement abandonnée par Mandy ; il se faufila dans un couloir étroit, ouvrit une porte à battant, puis déboucha dans la cuisine de l'auberge.

Surpris, Jack Greene s'écria :

— Hé ! Il y a des normes d'hygiène. Vous ne pouvez pas entrer !

— Pardon ! s'excusa l'inspecteur en criant à son tour, la voix couverte par le jet dont se servait Greene pour nettoyer deux énormes bassines. Je voulais juste un renseignement !

Le cuisinier coupa son jet, s'essuya les mains, puis s'approcha de Sweeney :

— Qu'est-ce que vous m'voulez ? Vous n'avez pas vu qu'c'était interdit d'entrer ?

— Euh… Non, reconnut le barbu. Je voulais juste un renseignement, répéta-t-il.

— Quoi encore ? s'énerva Jack Greene.

C'est amusant, songea son tourmenteur. *En voilà un à qui ma petite découverte semble particulièrement déplaire. Je m'en suis rendu compte dès hier soir, lorsque j'ai annoncé la nouvelle en rentrant à l'hôtel. Mandy était surprise, presque heureuse, mais son mari, lui, a fait une drôle de tête. Il a même insisté pour que je lui rende sa torche avant que je ne reparte guider les collègues vers la grotte… Curieuse réaction ! Moi qui pensais qu'il serait soulagé de savoir la lande débarrassée de « Fergusson-le-fuyard »…*

— Alors, quoi ? insista le mari de Mandy.

— Ah oui, se rappela Sweeney… Avant-hier, en descendant des *Five Sisters*, j'ai croisé la route d'un drôle de berger. Il m'a…

— Pat McKenzie ! lui indiqua aussitôt le cuisinier.

— Vous le connaissez ?

— Avec sa cape, son âne et son chapeau ? Évidemment.

— C'est bien ça… Vous savez où je peux le trouver ?

— Oh, c'est facile. Il ne s'éloigne jamais beaucoup de chez lui.

— Mais il est bien berger ? voulut confirmer le policier.

— Lui, un berger ? Vous rigolez !... Un berger d'opérette, oui !

— Comment ça ?

Jack Greene prit à nouveau le temps de s'essuyer les mains. Puis il reprit :

— Si Pat McKenzie n'est pas un vrai berger, en revanche, c'est un véritable original. Il vit dans une cabane sans eau, même s'il a fait creuser un puits dans sa remise, derrière la bergerie. C'est une baraque sans téléphone, sans électricité non plus. Pour se chauffer, il compte sur son troupeau, son âne et son chien. Un fou, j'vous dis ! clama Greene.

— Je ne comprends pas... hésita l'inspecteur.

— Je vous explique, s'agaça le cuisinier... Ce vieux Pat est l'héritier du clan McKenzie, les rivaux des McLeod.

— Les propriétaires d'Eilean Donan Castle ?

— Ouais c'est ça, Angus et Donovan... Bref, les deux clans se font la guerre depuis des siècles. Le château, ainsi que les terres, ont changé de mains à je ne sais combien de reprises. Aujourd'hui, ce sont les McLeod qui ont pris le dessus.

— Et l'autre n'est plus qu'un simple berger ? Vous m'étonnez que les...

— Mais non ! le coupa Greene. McKenzie « joue » au berger... En réalité, son clan est très riche. En outre, Pat a encore augmenté sa fortune en réussissant dans les affaires, la banque je crois. Il y a peu, c'était encore un gros bonnet à la City.

— Il y a peu... répéta Sweeney, surpris. C'est-à-dire ?

Mais Jack ne répondit pas et poursuivit :

— Dans la région, on dit que Pat est revenu s'installer sur ses terres après avoir empoché le pactole. Maintenant que c'est lui le plus riche, il veut reprendre l'avantage sur les McLeod.

— En jouant les bergers solitaires ? douta le policier.

— Non. Lui raconte que s'il fait ça, c'est en hommage à l'ancêtre de son clan : ce n'était qu'un simple berger, accompagné par son âne et son chien. Pat McKenzie dit vouloir faire revivre l'histoire et redorer ainsi le blason du clan.

— Il est surtout un peu « barré »... jugea le jeune barbu. Mais je ne comprends pas : comment compte-t-il réussir à mener à bien ses projets ?

— Vous n'en avez pas entendu parler ? McKenzie rachète une à une les terres convoitées par Donovan McLeod pour son projet de parc animalier. Il lui met des bâtons dans les roues, quoi... Et comme la plupart des gens sont opposés au retour des bêtes sauvages, ils ont plutôt tendance à soutenir McKenzie. Les McLeod sont fous de rage ! rigola l'hôtelier.

— J'imagine... murmura Sweeney.

Mais il revint à son idée :

— Et ça fait combien de temps que ça dure ?

— Oh, estima Jack, je dirais... Oui, deux ans et demi environ.

— Deux ans et demi, c'est intéressant... nota l'inspecteur.

Jack Greene ignora sa remarque :

— Ceci dit, avec Mandy, on fait comme si de rien n'était. On achète à McKenzie le lait de ses brebis, pour l'auberge. Du fromage, de la viande aussi... D'ailleurs, ses produits sont excellents, se félicita le cuisinier du Cluanie Inn.

Avant de conclure :

— Vous voyez, McKenzie est un original, mais il n'est pas méchant.

— Précisément, répliqua Sweeney. C'est précisément ce que je me propose d'aller vérifier !

*

Sweeney frissonna. *Tiens, le vent a tourné*, remarqua-t-il. *Dorénavant, il souffle du nord, comme s'il dévalait du sommet des montagnes.* L'inspecteur remonta le col de sa veste, puis continua d'avancer dans la froidure.

Comme il l'avait espéré, Pat McKenzie se trouvait à deux pas de la bergerie. En compagnie de son chien, l'homme veillait sur son troupeau.

Le dos tourné à l'inspecteur, il ne vit pas arriver le visiteur. C'est son animal qui donna l'alerte : « Wouah ! Wouah, wouah ! »

— Doucement Bill ! Tais-toi ! ordonna McKenzie à son border collie.

Le berger pivota, faisant brusquement face à Sweeney :

— Qu'est-ce que vous faites là ? Vous êtes perdu ? lança-t-il au jeune inconnu.

Le policier ne répondit pas, surpris par la taille de l'homme. *Il doit faire près d'un mètre quatre-vingt-quinze*, estima l'enquêteur. *Et large d'épaules avec ça… Une armoire à glace !* jugea-t-il, impressionné. *Pas de doute, un vrai chef de clan.*

Sweeney serra le manche de son sand wedge, afin de trouver le courage d'affronter le regard de l'homme au chapeau noir :

— Bonjour, Mister McKenzie… Non, je ne suis pas perdu. Je venais…

— Qui vous a dit mon nom ? Et que venez-vous faire chez moi ? le brusqua le berger. Ses yeux se firent plus sombres encore, et sa moustache se crispa au-dessus de ses lèvres.

— Je suis policier, annonça le visiteur. Inspecteur Sweeney, se présenta-t-il en exhibant son badge.

Puis après l'avoir replié, il poursuivit :

— Je peux vous poser quelques questions ?

— À quel sujet ? répliqua McKenzie, brusquement mal à l'aise. Qu'est-ce que vous me voulez ? ajouta-t-il, redressant les épaules au-dessus du lourd bâton qu'il dissimulait sous sa cape.

L'espace d'un instant, Sweeney songea : *J'aurais peut-être mieux fait de demander de l'aide aux collègues…*

Le policier fit mine d'observer les moutons insouciants qui sautillaient autour d'eux, avant de répondre :

— Eh bien… Est-ce que vous connaissiez Malcolm Fergusson, Mister McKenzie ? Vous l'aviez vu, vous, pendant sa cavale ?

— Je le connaissais comme tout le monde, lâcha le berger. Avant sa fuite, quand il était encore garde-chasse, il lui arrivait de passer sur mes terres. Ça ne me plaisait pas beaucoup. Je le lui avais dit… Il travaillait pour les McLeod, vous savez… Mais au fait, pourquoi venez-vous me parler de ce garçon ? Il a été repris ?

— Oui, si on veut… tergiversa l'inspecteur. En réalité, je l'ai découvert, mort dans une grotte, la nuit dernière, à six ou sept kilomètres d'ici.

— Quoi ? Mort ? sursauta Pat McKenzie. Où est-ce que vous l'avez trouvé ?

— Dans une petite caverne par-là, à flanc de colline. Mon collègue John Carraway m'a dit que c'était peut-être sur vos terres… Apparemment, l'homme serait mort depuis près d'un an et demi.

Le berger ne répondit pas, mais il continua de jauger ce freluquet au poil roux, muni d'une étrange canne de golf, et qui ressemblait à tout… sauf à un officier de police !

Puis il changea brusquement d'idée :

— Comment avez-vous dit que vous vous appeliez, déjà ?

— Euh… Sweeney. Je suis inspecteur.

— Mmm… marmonna McKenzie.

Avant de demander soudain :

— Qui vous envoie ?

— Comment ?

— Qui vous envoie ? répéta l'homme, l'œil inquisiteur. Qui vous a dit de venir m'interroger ?

— Mais… Mais personne, s'étonna Sweeney. Je venais pour vous dem…

— Est-ce que c'est Donovan McLeod ? le coupa le berger.

— Hein ?

— Vous savez de qui je parle ? insista McKenzie.

— Euh… Oui, c'est un promoteur. Mais quel rapport ?

— Le rapport, riposta son interlocuteur, c'est que ce type serait prêt à tout pour me chasser de mes terres… Qu'est-ce qu'il vous a raconté ? Que c'est moi qui avais réservé un mauvais sort à Fergusson ?… C'est ça ? le pressa l'homme.

— Mais jamais de la vie! s'énerva Sweeney. Ça suffit maintenant! Vous êtes parano, vous... D'abord, Malcolm Fergusson n'a pas été assassiné, et je n'ai jamais rencontré ce Donovan McLeod. Ça vous va?... Depuis quand la police prend-elle ses ordres auprès des particuliers? ronchonna-t-il encore.

Satisfait par l'apparente bonne foi du jeune enquêteur, Pat McKenzie redescendit en pression:

— Bon, d'accord... Mais il faut me comprendre aussi; ces derniers temps, les McLeod me font une vie impossible.

— Comment ça? s'intéressa Sweeney.

— Oui, lui et son frère Angus... Ils voudraient me voir partir alors que tout m'appartient. Historiquement, l'ensemble de la région, et même le château, sont la propriété de mon clan... Il y a plus de deux cents ans, les McLeod ont profité de l'absence de l'un de mes ancêtres, parti combattre l'usurpateur aux côtés du loyal Bonnie Prince Charlie[27], pour nous voler nos terres... Eux aussi, ce sont des usurpateurs! s'emballa de plus belle Pat McKenzie.

Deux cents ans? Il y a prescription... estima l'inspecteur. *Décidément, quel excité!*

— Et c'est pour ça que vous avez quitté Londres? Pour racheter vos terres?

— Tout à fait! lui confirma fièrement le chef de clan, son double mètre bien en appui sur son bâton.

---

27. Charles-Édouard Stuart, surnommé Bonnie Prince Charlie, fils de Jacques Édouard Stuart, prétendant au trône d'Angleterre, débarqua en Écosse en 1745. Soutenu par une armée de Highlanders, il s'empara d'Édimbourg, marcha sur Londres, mais ses partisans furent anéantis lors de la célèbre bataille de Culloden en 1746.

Et j'en chasserai les McLeod!

Bien… Je parierais que c'est lui le second acheteur dont me parlait Peacock hier, à Dornie… se rappela Sweeney. *On est en pleine guerre des clans!*

— Moi vivant, poursuivit le berger, la région ne restera pas aux mains des McLeod. Le clan McKenzie reviendra dans ses droits, et j'exigerai que le château nous soit restitué! martela-t-il.

Sur quel point de droit, ou sur quel vieux traité, McKenzie espère-t-il s'appuyer? s'interrogea l'inspecteur. *Après tout, peu importe… Tout ce que je constate, c'est que l'âpreté des Highlands n'a rien à voir avec son climat ou sa géographie. En réalité, elle est du fait des hommes! Ce sont eux qui en ont fait un pays rude et sauvage… Pas l'inverse.*

Indifférent aux considérations muettes de son jeune visiteur, Pat McKenzie n'en finissait plus de maudire le clan adverse:

— Ces McLeod, ce sont des hypocrites! Ils le portent sur le visage, ils ont ça dans le sang!… Je sais bien qu'ils sont pressés de me voir déguerpir, mais moi je…

Excédé, Sweeney décida d'interrompre les récriminations du berger:

— Hé, dites: si les McLeod voulaient vraiment vous voir partir, c'est vous qui auriez disparu. Et pas tous ces innocents!

— Quoi? Mais vous ne comprenez pas! s'emporta McKenzie. Ces disparitions, c'est une stratégie, un complot!… Donovan McLeod a monté son coup pour faire aboutir son projet de parc animalier. Tout ce qu'il veut, c'est faire baisser le prix de la terre. Comme ça, il espère…

— Ho ! le coupa de nouveau l'inspecteur. Et vous ? Vous aussi, vous profitez de la baisse des prix, non ? lui asséna-t-il.

Désarçonné, Pat McKenzie lança un regard d'une noirceur absolue à l'horripilant barbu.

— C'est vrai à la fin… continua de pester Sweeney. En plus, il est probable que c'est sur vos terres que l'on a découvert le corps de Fergusson… Alors, si j'étais vous, je ferais profil bas, lui intima le policier.

Sous la cape, Sweeney sentit que les mains de McKenzie se crispaient encore un peu plus autour du lourd bâton.

Tout à coup, ce dernier marmonna froidement :

— Vous n'avez que votre jeunesse pour seule excuse…

— C'est une menace ?

— Si vous saviez…

— Si je savais quoi ? releva le barbu.

— Pff! soupira le berger.

— Eh bien quoi ? le défia Sweeney.

Pat McKenzie hésita un court instant, avant de finalement se lancer :

— Il y a moins d'un an, Donovan est venu ici, avec sa Jaguar. Il n'était pas seul… L'un de ses acolytes, un malabar dont j'ignore le nom – un type avec une grosse tête, l'œil aussi sympathique que celui d'un requin –, l'accompagnait. Ils ont voulu m'intimider…

— Oui ? l'encouragea Sweeney.

— Oh, c'est allé vite… McLeod m'a donné un ultimatum – j'avais quinze jours pour « débarrasser le plancher » –, et puis l'autre a fait mine de vouloir me secouer. J'ai même distingué un pistolet à sa ceinture, lorsque sa veste s'est soulevée… Je vous avoue que, même si je suis costaud, ça m'a fait peur. Heureusement que mon chien était là. Bill est arrivé. Quand il a vu qu'ils s'en prenaient à moi, il s'est mis à aboyer, puis s'est accroché au pantalon de McLeod… Brave bête ! ajouta McKenzie en félicitant son border collie d'une tape sur les côtes, dévoilant pour la première fois ses mains fines… Donovan a subitement pris peur et a ordonné à son propre « pitbull » de me lâcher. Puis ils sont partis sans demander leur reste. Hein, Bill ?

— Et depuis ? voulut savoir l'inspecteur. Est-ce que vous avez de nouveau été menacé ?

— McLeod avait hurlé qu'il reviendrait, mais en réalité, il s'est dégonflé. Je ne les ai plus jamais revus chez moi… Des lopettes, ces McLeod !

Je vois, songea Sweeney, *il ne s'est rien passé. Et les premières disparitions avaient commencé bien avant cet incident. Finalement, je me demande si…*

— Dites, reprit soudain le policier, j'y pense : et toutes ces personnes qui se sont évaporées depuis deux ans ?… Vous devez avoir une opinion ?

Instantanément, les mains de McKenzie disparurent à nouveau sous sa cape, et sa grande carcasse se raidit brutalement :

— Euh… Oui, comme tout le monde.

— À votre avis, vous qui passez le plus clair de votre temps sur la lande, que sont-ils devenus ?

— Bah ! riposta McKenzie. Qu'est-ce que j'en sais ?… Et puis, si McLeod est derrière tout ça, est-ce qu'ils ont vraiment disparu ? On n'a jamais retrouvé de corps !

— Ben si, justement, le déstabilisa Sweeney : j'ai bien retrouvé Fergusson, moi… Alors maintenant, je me dis que l'on pourrait retrouver les sept autres. Vous ne croyez pas ?

Le trouble du berger se fit de plus en plus palpable. Son visage, déjà pâle, vira au vert.

Fort de cet avantage, le jeune inspecteur enchaîna :

— Et puis dites donc, Mister McKenzie, c'est bizarre… Comment savez-vous ça, vous, que l'on n'a jamais retrouvé de corps ?

Les yeux du berger s'agitèrent en tous sens, comme pris de panique.

Toutefois, McKenzie finit par répondre :

— Je… Je n'en ai pas l'air, mais je lis les journaux… Je les achète une fois par semaine, ajouta-t-il, quand je descends sur Dornie, avec mon âne… Et puis j'écoute aussi ce qu'il se dit. Dans la région, tout le monde sait que les disparus n'ont jamais laissé de trace. Ce n'est pas un mystère ! proclama-t-il, de nouveau sûr de lui. D'ailleurs, vous êtes bien le premier – et peut-être le dernier – à en retrouver un, jeune homme !

Sweeney observa Pat McKenzie. Toute marque de nervosité avait disparu, et le berger se montrait à nouveau suffisant, comme s'il était persuadé de contrôler l'entretien.

Tu es trop sûr de toi, Pat, jugea l'inspecteur. *C'est le moment d'en profiter pour te faire parler…*

— Mister McKenzie, reprit Sweeney, vous m'avez l'air bien informé… À votre avis, comment ces gens ont-ils disparu ?… Je veux dire, corrigea-t-il : en imaginant que les McLeod n'y soient pour rien, comment est-il possible de disparaître ainsi, sur la lande de Glen Shiel ?

L'ancien banquier donna l'impression de réfléchir. Il fit mine de jeter un œil sur ses brebis, donna quelques encouragements à son chien.

Puis il se tourna de nouveau vers le policier :

— Vous tenez vraiment à le savoir ? annonça-t-il d'une voix grave.

— Je vous en prie.

— Vous ne me croirez jamais… hésita-t-il encore.

— C'est à moi d'en juger. Dites toujours.

McKenzie inclina le visage vers le sol, comme s'il se concentrait, avant de demander :

— Est-ce que vous avez entendu parler de la légende ?

Ah non ! soupira l'inspecteur. *Pas ça ! Il ne va quand même pas me faire le coup du cavalier coupeur de tête !*

Mais Sweeney accepta de jouer le jeu :

— La légende du dragon anglais, parti à la poursuite des jacobites, et que l'on n'a plus jamais revu ?

Le berger lui adressa un sourire satisfait.

Au même instant, le jeune inspecteur ne put refréner un frisson. Involontairement, c'est tout son corps qui se mit à trembler, comme si son organisme lui rappelait, d'un coup, la terreur ressentie la nuit précédente, alors qu'il était sous terre, caché dans un boyau fétide en compagnie d'un squelette !

Pat McKenzie, étonné, observa ce mouvement inattendu.

— Euh… Il fait de plus en plus froid ce soir, mentit Sweeney, en relevant les épaules. Pour un mois de juin… feignit-il de se plaindre.

Archie, qu'est-ce que tu racontes? Tu perds tout contrôle... Ressaisis-toi, et vite!

— Alors, ça vous intéresse? le relança le berger.

— Euh, ça dépend... Qu'est-ce qu'une vieille légende peut bien avoir affaire avec ces disparitions?

— Mais tout! s'exclama McKenzie. Tout!

Son subit emportement intrigua Sweeney.

— Cette histoire, enchaîna l'homme au chapeau, ce n'est pas qu'une légende... La nuit venue, le cavalier de Glen Shiel rôde sur la lande. Je sais qu'il est là... Moi, je veille toujours à rentrer avant la nuit. Vous ne me verrez jamais me promener seul, dehors, après le coucher du soleil. D'ailleurs, se souvint-il, c'est le conseil que je vous ai donné la première fois que je vous ai croisé. Vous vous rappelez?

— Oui oui, fanfaronna l'inspecteur. J'étais mort de peur...

Avant de revenir subitement à la charge:

— Mais... Dites-moi plutôt, Mister McKenzie, pourquoi prétendez-vous que les gens disparaissent *la nuit*? Qu'est-ce que vous en savez, vous?

L'attaque fit mouche et, l'espace d'un instant, un nouveau vent de panique passa dans les yeux du berger.

Tu ne l'avais pas vu venir celle-là! se réjouit Sweeney.

— Je... Euh... Je... balbutia McKenzie.

Après avoir hésité, il lâcha finalement:

— J'ai... J'ai des preuves.

— Quoi? Quelles preuves?

Cette fois, une étrange étincelle traversa le regard du Highlander:

— Je vous raconte? proposa-t-il.

— Vous m'obligeriez... ironisa le policier.

Dommage que je n'aie pas emporté mon dictaphone, regretta-t-il. *J'ai le sentiment que McKenzie est en mal de confidences… Ou en mal de mensonges!* n'oublia-t-il pas d'envisager.

— Voilà, débuta le berger. C'était il y a dix-huit mois environ, la semaine précédant le Nouvel An. Il était très tôt le matin. Il avait neigé… Je descendais vers Shiel Bridge, le petit village au bord du loch Duich. Vous connaissez?

— Je vois très bien, répondit Sweeney.

— Quelques centaines de mètres avant les premières maisons, j'ai aperçu des traces de sabots, toutes fraîches, dans la neige. Mon chien les avait vues lui aussi… J'ai trouvé ça bizarre. Je me suis dit: « Qui peut bien faire du cheval à cette heure? », ou alors j'ai pensé qu'une des bêtes du club d'équitation s'était sauvée.

— Mmm, ensuite? s'impatienta son auditeur.

— Machinalement, j'ai remarqué que les empreintes se dirigeaient vers le petit pont de pierre, à l'entrée de Shiel Bridge. Tout comme moi… Mais… Mais comme les autres, aussi!

— Quelles autres? réagit Sweeney.

— Les empreintes de pas… C'était comme si les deux traces se mélangeaient, l'une derrière l'autre, ou plutôt, l'une *sur* l'autre… Mais c'est en arrivant sur le pont que j'ai compris.

— Compris quoi?

Pat McKenzie marqua un silence, comme s'il regrettait d'en avoir déjà trop dit.

— Compris quoi? insista le policier.

Le berger conserva les yeux baissés, donnant l'impression de revivre la scène:

— Là, à l'entrée du pont… Tout ce sang…

— Hein ? Du sang ? s'étonna Sweeney. Comment ça ?

— La malheureuse s'était sauvée, déclara soudain McKenzie. Poursuivie par le cheval, elle avait dû courir vers le village, jusqu'à l'entrée du pont. Mais là, rattrapée par le dragon, le cavalier lui avait coupé la tête !

— Quoi ? Vous avez découvert un cadavre décapité ?

— Euh… Non, se calma le berger. Mais tout indiquait que ça s'était passé comme ça.

La réponse, immédiate et naïve, déclencha la colère de Sweeney :

— Attendez… Ne me dites pas que vous avez tout inventé ?

— Mais je n'ai rien inventé du tout ! protesta McKenzie. Il y avait bien une flaque de sang sur le pont, ainsi que des traces de pas et de sabots mêlées qui y menaient tout droit.

— Sacrebleu ! Est-ce que vous avez montré ces traces à quelqu'un ? Est-ce que vous en avez parlé ?

— Euh… Non, reconnut l'homme, la moustache abattue.

— *Great Scott!* Et qui vous dit qu'il ne s'agissait pas tout simplement du sang d'un poulet, dévoré là par un quelconque renard ? Ou même que les deux empreintes n'étaient pas séparées de plusieurs heures ? Vous y avez pensé ?… Vous me faites un bel enquêteur, vous ! lui lança Sweeney… Mais au fait, songea-t-il encore, vous parliez d'une « malheureuse ». Qu'est-ce qui vous fait dire qu'il s'agissait d'une femme ?

— Je… Je… se troubla le berger. Je disais ça comme ça… Euh… Euh, si ! se ravisa-t-il brusquement. Je parlais d'une malheureuse *victime*. Oui, c'est ça ! essaya-t-il de se rattraper.

Mais son regard continuait de refléter un profond malaise.

Qu'est-ce que c'est que ce cirque ? réfléchit l'inspecteur. *Pourquoi McKenzie se sent-il aussi mal ?… Soit notre homme est gêné d'avoir cru à cette légende rocambolesque, soit il tente de me faire gober un bobard, et il ne sait plus comment s'en sortir. Admettons… Mais s'il ment, quel but poursuit-il ?… Ou bien,* songea-t-il enfin, *s'il s'était* « vraiment » *passé quelque chose d'anormal sur le pont de Shiel Bridge ?*

Cependant, son intellect le convainquit d'oublier au plus vite cette dernière hypothèse.

Pat McKenzie rompit le silence :

— Dites Inspecteur, vous me croyez au moins ?

— Hem… fit entendre le policier, gêné.

— Comment ? s'offusqua le berger. Vous n'oseriez pas mettre en doute la parole d'un McKenzie ?

Le ton menaçant de l'homme, dont la cape dissimulait toujours son lourd bâton, finit par inquiéter Sweeney : *La journée est déjà bien avancée… Et à part Jack Greene, personne ne sait que je suis parti rendre visite à McKenzie. La situation n'est pas à mon avantage*, réalisa-t-il. *Je ferais mieux de ne pas le contrarier et de tirer ma révérence au plus vite.*

— Non… Bien sûr que non, le rassura le policier… D'ailleurs, enchaîna-t-il, je vous présente mes excuses pour être venu sans vous prévenir. Et… Et enfin, dit-il pour s'efforcer de monopoliser la parole, je vais devoir m'en aller. Il est tard, je ne veux pas vous importuner plus longtemps. Merci… Je suis désolé. Merci d'avoir accepté de répondre à mes questions… Bonne soirée, Mister McKenzie.

Imperceptiblement, l'inspecteur avait déjà reculé de trois pas.

Puis soudain, jugeant qu'il avait suffisamment pris ses distances, il tourna franchement les talons :

— Bonsoir, et merci ! lança-t-il encore au berger, avant de détaler sur la lande et de rejoindre sa voiture.

De retour au volant de son véhicule, Sweeney prit enfin le temps de réfléchir :

Drôle de rencontre… Et drôle de bonhomme ! Je ne sais pas quoi en penser… Quelle est la part de franchise, ou de dangerosité, chez ce Pat McKenzie ?… Joue-t-il un rôle de composition, en campant les chefs de clan bafoués ? Ou essaie-t-il de noyer le poisson, en me proposant plusieurs pistes et donc autant d'interprétations possibles ?…

Mais de toute façon, se ressaisit brusquement le jeune inspecteur, *de quoi Pat McKenzie est-il suspect, après tout ? De rien ! Fergusson est probablement mort de froid, et il est tout aussi probable que le fugitif n'avait rien à voir avec la disparition des sept autres personnes…*

Alors, Archie ? s'interrogea-t-il. *De quoi te mêles-tu à la fin ?*

Pour éviter d'avoir à répondre à cette dernière question, si dérangeante, Sweeney préféra tourner la clé de contact.

Il reprit la direction du Cluanie Inn.

Mais tout de même, ne put-il s'empêcher de songer, en observant le jour décliner sur ce 9 juin, *quelque chose me gêne encore... Ce cheval, hier soir, je l'ai quand même entendu, oui ou non ?*

10 juin 1719

En ce matin du samedi 10 juin, Sweeney se réveilla avec une idée fixe : un cavalier rôdait-il sur la lande, et sa présence avait-elle quelque chose à voir avec les disparitions survenues dans la région ? Pour en finir au plus vite avec cette obsession, l'inspecteur songea qu'il lui fallait agir, et décida d'orienter son enquête – totalement illégale, que dirait son collègue John Carraway s'il apprenait sa démarche ? – vers le milieu de l'équitation. En terminant son petit-déjeuner, le jeune homme se souvint qu'il avait aperçu un centre équestre dans le village de Shiel Bridge. Là même où Pat McKenzie disait avoir observé des traces de sang, mêlées aux sabots d'un cheval, près du vieux pont de pierre. N'y tenant plus, et sans donner la moindre explication à tante Midge, Sweeney sauta dans son Escort avant de partir en direction de la mer.

Le policier retrouva facilement le club d'équitation, pompeusement baptisé « L'Éperon du Kintail ».

Il stoppa son véhicule sous le porche d'entrée, s'empara de son club de golf, puis sortit humer l'air du petit matin.

L'odeur du crottin, forte et âcre... respira-t-il aussitôt. *Normal. Ils doivent avoir une vingtaine de chevaux, si j'en juge par le nombre de boxes.*

Sweeney s'avança, dépassa deux vans garés le long d'une rangée de stalles, puis découvrit, affairées dans une cour intérieure sur la gauche, deux jeunes filles d'environ seize ans.

La première étrillait une grande jument noire, tandis que la seconde finissait de lui retirer son mors. Cette dernière l'aperçut aussitôt :

— Bonjour ! lui lança-t-elle en souriant.

Les cheveux châtain clair retenus en chignon, vêtue d'un pantalon d'équitation et d'une polaire bleue, la demoiselle observa le visiteur, l'air mi-amusé mi-narquois.

Sa camarade, plus petite et plus ronde, une frange de cheveux d'ébène coupée juste au-dessus des yeux, avec un pull-over trop grand qui lui couvrait le bout des doigts, s'avança à son tour :

— Bonjour ! s'écria-t-elle en jetant un regard malicieux vers son amie.

Puis... elle éclata de rire ! La première jeune fille tenta bien de se retenir, mais elle aussi finit par se mettre à glousser. Et plus leurs regards se croisaient, plus les deux demoiselles hoquetaient de plaisir !

Les hormones. C'est de leur âge, jugea Sweeney, sans s'offusquer. *D'ailleurs, quand j'avais seize ans*, songea-t-il, *j'aurais mieux fait de rire avec les filles, moi aussi. Ça m'aurait peut-être évité de rester célibataire. Ou de perdre Ilona...* soupira-t-il.

Mais, constatant que les deux jeunes filles n'en finissaient plus de se moquer de sa barbe rousse – *ou de mon club de golf?* – l'inspecteur décida de les interrompre :

— Hem, pardon… Bonjour. Est-ce que vous savez qui s'occupe du club ?

La première cavalière fit un effort pour reprendre son souffle, et lui dit :

— Moi, c'est Emma.

— Et moi c'est Maureen, lui fit écho la brune, avant de lorgner à nouveau vers sa camarade comme pour mieux l'inciter à pouffer de plus belle.

Sweeney devança leur prochain fou rire :

— Je souhaitais me renseigner sur les activités du centre, ajouta-t-il. À qui dois-je m'adresser ?

Brusquement plus sérieuse, la jeune Emma répondit :

— À mes parents. Ce sont eux qui dirigent l'Éperon du Kintail. Venez, suivez-moi. Ils doivent être au bungalow.

La fille des propriétaires déposa son mors, tandis que son amie, Maureen, vérifiait que la jument était solidement attachée à la grille du paddock. Puis les deux demoiselles le rejoignirent dans l'allée.

— Venez, c'est à deux pas, lui indiqua Emma, tout en prenant sa camarade par la main.

Puis les deux adolescentes le précédèrent, l'invitant à descendre vers le centre du club.

En les suivant, l'inspecteur observa leurs coups d'œil moqueurs, la surprenante mèche rose qui pendouillait des cheveux de Maureen, mais aussi… leurs fesses, moulées dans un étroit pantalon d'équitation.

Archie, quelles mauvaises pensées! se reprocha-t-il aussitôt. *Ce ne sont que des gamines… Si tante Midge était là, qu'est-ce que tu prendrais! Déjà qu'elle n'est au courant de rien pour Ilona…*

Rapidement, le trio déboucha devant un container blanc, sommairement aménagé en bureau d'accueil.

— Mes parents sont là, le renseigna Emma dans un large sourire.

Sweeney remercia les deux filles d'un hochement de tête, puis pénétra dans le bungalow.

Surpris par la lumière vive d'un néon trop puissant, l'inspecteur dut plisser les yeux pour mieux discerner Richard Smith, assis derrière son bureau, ainsi que sa femme Elaine – *du moins si j'en crois les noms qui figuraient à l'entrée*, se rappela le policier – debout à la droite de son mari. L'homme, épais, le cheveu ras, vêtu d'une veste à coudières, l'observait du coin de l'œil. Comme si, de son regard froid, il cherchait à faire le tour de la silhouette du visiteur.

Bizarre, se dit l'inspecteur, *j'ai l'impression de le connaître…*

Sa femme, les cheveux bouclés, vigoureuse, mais à la veste matelassée et au fuseau d'équitation étonnamment négligés, lui adressa un sourire amical.

— Bonjour… commença timidement Sweeney, gêné par le caractère illégal de sa démarche, ainsi que par les mensonges qu'il s'apprêtait à dire.

— Oui… Qu'est-ce qui vous amène? rétorqua Richard Smith, l'œil dorénavant figé sur l'étonnant club de golf du rouquin.

— Euh… Je suis en vacances, reprit le visiteur. Je voulais me renseigner sur les activités de votre centre.

Elaine reprit aussitôt la balle au bond :

— Nous proposons des randonnées à cheval, pour des cavaliers confirmés ou non, précisa-t-elle. Mais aussi des sorties à dos de lamas. Nous en avons cinq, annonça fièrement la directrice. Ils sont très bien adaptés à la région, surtout l'hiver. Pour les lamas, ce sont plutôt les filles qui s'en occupent.

— Emma et sa sœur ? s'avança le policier.

— Sa sœur ? s'étonna Mrs Smith, tandis que son mari s'impatientait déjà du ton pris par la conversation. Non, pas du tout, répondit-elle. Maureen est son amie… C'est une pauvre gosse orpheline, dont la famille d'accueil habite Dornie. La petite adore les animaux. Elle vient presque tous les jours nous donner un coup de main.

— Elle vient surtout faire perdre son temps à Emma, intervint Mister Smith, sur le ton du reproche.

— Emma est fille unique et elle n'a pas d'autre camarade de son âge dans le village, la défendit sa mère.

Avant de se retourner vers Sweeney :

— Alors Monsieur… Qu'est-ce qui vous intéresserait ?

— Euh… hésita l'inspecteur.

La dernière fois que je me suis adressé à des parents pour leur parler de leur fille, se rappela-t-il, *l'entretien a fini en queue de poisson. Je n'ai aucune envie de renouveler cette triste expérience… Non, cette fois, mieux vaut jouer cartes sur table,* se ravisa-t-il.

— En réalité, reconnut le jeune homme, je suis policier. Inspecteur Sweeney.

Le visage des époux Smith se figea.

— J'enquête, enchaîna-t-il, sur les disparitions qui se sont produites dans la région ces derniers mois. Vous devez être au courant ?

— Ah oui ! réagit soudain Richard Smith. J'en ai entendu parler hier. Ils ont retrouvé le corps de Fergusson, annonça-t-il à sa femme.

— Effectivement, confirma le jeune barbu, tout en omettant de préciser qu'il était l'auteur de cette découverte. Dorénavant, poursuivit-il, nous pensons que le fugitif n'avait rien à voir avec toutes ces disparitions… En revanche, certains éléments nous laissent penser que des cavaliers pourraient être mêlés à cette affaire.

À cette nouvelle, Richard Smith partit d'un grand rire :

— Quoi ? Et pourquoi pas le dragon de Glen Shiel, tant que vous y êtes ?… Non, attendez, ne me dites pas que vous êtes venu juste pour nous parler de ça ?

Goguenard, l'homme pivota sur sa chaise, prenant sa femme à témoin :

— Non mais tu te rends compte, Elaine ? La police soupçonne le cavalier de Glen Shiel ! Quand je vois à quoi servent nos impôts ! se moqua-t-il en balayant l'air d'un revers de la main.

— Monsieur, insista Sweeney, je suis sérieux. J'ai besoin de savoir s'il existe un lien entre les activités de votre club équestre et les disparitions survenues sur la lande… Est-ce que vous organisez des randonnées nocturnes, par exemple ?

Les époux Smith se dévisagèrent, consternés.

— Non mais ça ne va pas ? Bien sûr que non ! s'agaça Richard, et son œil froid revint se poser sur l'enquêteur. Si nous avions la moindre information concernant les disparus, il y a longtemps que nous aurions prévenu la police !... Et puis, quel rapport avec nos chevaux ? Dans la région, ajouta-t-il, nous ne sommes pas les seuls à posséder des bêtes : il y a les propriétaires privés, les fermes, et puis les autres clubs aussi. Tenez, il y en a même un à Dornie.

— C'est juste, approuva Sweeney. Mais comme le vôtre se trouve...

— Ah, et puis ça va bien ! s'emporta Smith en tapant du poing sur la table.

Elaine sursauta, tandis que son mari se dressait derrière son bureau, l'œil plus glacial que jamais.

— Dites ! lança-t-il, vous êtes bien gentil, mais nous avons du travail. Alors si vous n'êtes pas intéressé par l'une de nos randonnées, vous connaissez le chemin ?

L'inspecteur comprit qu'il était inutile d'insister. Il salua Elaine Smith d'un signe de tête, puis sortit rapidement du bungalow. À l'extérieur, Emma et Maureen semblaient l'attendre. En le voyant surgir la mine déconfite, les deux adolescentes éclatèrent d'un grand rire. Puis elles remontèrent en courant vers les paddocks.

Elles ont l'insouciance de leur âge, leur pardonna Sweeney. *Elles ont de la chance. Moi, à cinq ans, je l'avais déjà perdue...*

Pensif, et la tête basse, le jeune policier remonta l'allée centrale de l'Éperon du Kintail.

Ce n'est qu'en démarrant le moteur de son Escort qu'une idée plus positive parvint enfin à s'imposer : *Ça y est, je sais ! Je sais qui Richard Smith me rappelle...*

Cette carrure, cette veste, ce regard froid… Mais oui ! Je jurerais que c'est lui, l'homme de main de Donovan McLeod. C'est lui que m'a décrit Pat McKenzie !

*

— Ne mange pas si vite ! protesta tante Midge. Tu as le temps de dîner. Avec tous ces événements, j'ai préféré prolonger notre séjour.

Un alibi pour rester un peu plus longtemps en compagnie de Robert… sourit son neveu.

— Nous ne partirons que demain dimanche, en fin de journée. Je me suis mise d'accord avec Mandy. Ça ne la dérange pas, elle n'a personne d'autre à l'hôtel, conclut-elle.

— Je sais, tante. Je sais… marmonna Sweeney, avant d'avaler une tranche de saumon sans même la mâcher.

— Mon dieu ! Mais tu vas finir par t'étouffer ! s'émut la vieille dame.

— Votre tante a raison, intervint également Robert Butler.

Avant de deviner :

— Pourquoi êtes-vous si pressé ? Auriez-vous prévu une nouvelle excursion pour ce soir ?

Le policier lui retourna un sourire complice.

— Ah non ! sursauta tante Midge. Tu ne vas quand même pas retourner sur la lande ?

Sans un mot, Sweeney sortit de table. Il récupéra une crème aux œufs sur le buffet, et revint l'engloutir en moins de deux secondes devant sa tante médusée.

— Que comptes-tu faire, cette fois ? Où vas-tu ? insista-t-elle.

Devant l'absence de réponse de son neveu, la vieille dame changea de registre :

— Et Berthie ? lui demanda-t-elle. Est-ce que tu vas encore emmener cette pauvre bête ?

— Non, consentit-il à l'informer. Je préfère te le laisser. Je serai plus libre de mes mouvements.

Puis Sweeney s'essuya la bouche, avant de s'emparer aussitôt de sa canne et de son sac à dos. Tante Midge lança un regard implorant à son ami Robert Butler.

— Soyez prudent… lui recommanda l'universitaire. La nuit va bientôt tomber. Et puis nous sommes le 10 juin… Où allez-vous ?

C'est vrai, se souvint Sweeney. *C'est aujourd'hui la date anniversaire de la bataille de Glen Shiel… Et alors, qu'importe !* Il chassa aussitôt cette idée parasite.

— Sur la lande, se borna-t-il enfin à répondre.

— Quoi, encore ? s'inquiéta tante Midge. Mais que vas-tu faire ?… Tu ne veux pas que Robert t'accompagne cette fois ?

— Non merci, lui renvoya son neveu tout en épaulant son sac.

— Tu en as pour longtemps ? persista la vieille dame, manifestement nerveuse.

— Non pas trop, lâcha-t-il.

Avant de claquer la porte du Cluanie Inn.

J'ai horreur de ça… regretta Sweeney, alors qu'il rejoignait sa voiture. *Tante est morte d'angoisse, et moi, je ne fais rien pour la rassurer… Heureusement que Robert est là. Mais je n'ai pas le choix*, se justifia-t-il. *Il ne faut surtout pas que les collègues apprennent ce que je suis parti faire.*

Le policier s'installa derrière son volant. Il inspira profondément puis se résolut à démarrer.

Quinze minutes plus tard, Sweeney approchait déjà de la bergerie de Pat McKenzie.

Pas trop près, réfléchit le jeune homme. *Éteignons les phares et terminons à pied.*

Après avoir coupé son moteur, l'inspecteur récupéra son sand wedge, son sac à dos, puis marcha sur le dernier kilomètre.

Ainsi, ce vieux Pat ne me verra pas venir, et j'aurai tout loisir d'observer ses faits et gestes.

Sweeney dépassa deux grandes courbes et, parvenu à environ deux cents mètres de la bergerie, il s'accroupit dans un fossé derrière un monticule herbeux. Puis il s'empressa d'ôter son sac pour en retirer… une paire de jumelles.

Mes bonnes vieilles allemandes, sourit-il, en passant la sangle autour de son cou. *Je n'imaginais pas que mes compagnes de randonnée me serviraient un jour pour une enquête !*

Indifférent aux voitures qui passaient à sa hauteur, l'inspecteur braqua ses jumelles sur la bergerie de Pat McKenzie.

Voyons… Une lueur provient de l'intérieur de la maison, et le troupeau est rentré. Mon client doit être là… Je n'ai qu'une chance infime pour que mon plan fonctionne, mais il faut la tenter. Après tout, nous partons demain !

Sweeney continua de scruter les alentours, affinant petit à petit le réglage de ses Carl Zeiss.

De toute façon, réfléchit-il, *c'est ma dernière occasion de découvrir ce qui est arrivé aux disparus.*

C'est vrai, à la fin : si ce gars, qui passe le plus clair de son temps sur la lande de Glen Shiel, n'a aucune idée de ce qu'ils sont devenus, alors qui le saura ?… Il a forcément dû les croiser, ou peut-être même a-t-il relevé des indices plus décisifs encore que ceux dont il m'a parlé hier.

Au bout d'un moment, le policier changea de position, pour soulager ses genoux.

Et qui sait ? envisagea-t-il. *Si Pat McKenzie était lui-même à l'origine de ces disparitions ? Si c'était lui le cavalier qui rôdait sur la lande, l'autre soir ? Un seul moyen pour le savoir…*

Au même instant, le berger ouvrit sa porte. Il fit quelques pas à l'extérieur, donna l'impression de balancer son bras, puis regagna aussitôt sa maison.

Des détritus, je crois… soupira Sweeney, déçu.

Au cours du dîner, Pat McKenzie répéta l'opération à plusieurs reprises.

Et la nuit qui tombe… s'inquiéta le jeune homme. *Mes jumelles ne me seront bientôt plus d'aucune utilité.*

Peu après, l'inquiétant berger sortit à nouveau, accompagné cette fois par son chien et revêtu de sa cape ainsi que de son chapeau.

Great Scott ! sursauta l'inspecteur. *On dirait que ça bouge cette fois. C'est peut-être la bonne.*

Dans la pénombre naissante, Sweeney tenta de le suivre du regard aussi longtemps qu'il le put. Lentement, l'homme s'éloigna de la bergerie.

C'est ce que j'espérais ! jubila-t-il. *Il part promener son chien avant la nuit. Et lui qui prétendait ne jamais s'éloigner de la maison dans l'obscurité !*

Le policier observa le chef de clan, précédé par son border collie, descendre dans le vallon plus à l'ouest, puis finalement disparaître.

Sweeney retira ses jumelles et les rangea dans son sac. Enfin, par précaution, il patienta encore deux bonnes minutes. Puis soudain, sans crier gare, le jeune homme s'élança d'un bond et se mit à courir en direction de la bergerie ! L'inspecteur ne sentait plus ses jambes. Il n'entendait plus que son propre souffle et le bruit brinquebalant du sac.

Mais en dépit de cette course effrénée, des tas de pensées saugrenues l'assaillirent : *Et si McKenzie me voit ?... Je lui dirai que j'avais d'autres questions à lui poser... Et s'il me découvre chez lui ?... Je dirai que j'avais cru l'entendre... Et s'il ne me croit pas ?... Eh bien, je peux dire adieu à ma carrière d'inspecteur !... Mais tant pis. Sinon, je ne saurai jamais !*

Cette dernière réflexion coïncida avec son arrivée précipitée devant la porte. Au même instant, Sweeney aperçut l'âne de McKenzie, parqué dans un enclos derrière la maison, qui pour lui souhaiter la bienvenue, ne trouva rien de mieux que... de se mettre à braire !

P... ! jura l'inspecteur.

Son cœur battit la chamade.

Rentrer ! Vite ! Pour qu'il se taise !

Sans plus réfléchir, l'intrus appuya sur la poignée. La porte s'ouvrit sans résistance.

Dieu soit loué ! et Sweeney pénétra dans la maison.

La maudite bête émit encore deux terribles coups de klaxon, avant de se taire enfin.

Ouf ! soupira le policier. *Pourvu que McKenzie ne l'ait pas entendu... Quoi qu'il en soit, dépêchons-nous !* Les doigts encore tremblants, l'inspecteur extirpa de son sac la lampe torche de Jack Greene – *J'ai vraiment dû insister pour qu'il me la rende...* sourit-il – et il prit soin, en l'allumant, de la braquer vers le sol. *Surtout ne pas laisser filtrer de lumière vers l'extérieur*, songea-t-il. Puis il rendossa son sac. Utilisant son sand wedge comme un vulgaire gourdin, sa lampe dans la main gauche, Sweeney progressa prudemment à travers la bergerie : *Une seule pièce… C'est incroyable, le sol est en terre battue… La table au milieu, quelques bougies dessus… Un lit dans le fond, une armoire… Je ne sais pas si McKenzie est aussi fortuné qu'on le dit, mais en tout cas, il ne manifeste aucun signe extérieur de richesse !… Une seule commode pour ranger les aliments et les couverts… Décidément, j'ai l'impression que ma petite visite ne m'apprendra rien… Un évier pour la vaisselle… Au fait, d'où vient l'eau ? Jack Greene m'a dit que le berger avait fait creuser un puits…* En baladant le faisceau de sa torche au pied des murs, le policier-cambrioleur finit par aviser une seconde porte, directement opposée à celle de l'entrée. *Ce doit être la remise*, devina-t-il. *Allons voir, vite !*

La seconde porte n'était pas verrouillée non plus. Sweeney repoussa le battant, puis descendit une marche. *Attention, ce n'est pas le moment de se casser la figure…* Immédiatement, le jeune homme perçut une odeur étrange, et prenante, qui ne lui semblait pas inconnue mais que, toutefois, il ne parvint pas à identifier : *Du vinaigre ? Des animaux ?* Puis, aussitôt, il distingua le troupeau de moutons parqué derrière une clôture en bois sur les deux tiers droits de la remise. *Le chauffage central des Highlands !* se moqua-t-il. *Mais attention de ne pas les effrayer avec ma torche…* Le policier fit glisser le faisceau vers la gauche : *Une ribambelle d'outils, des bouteilles, des pneus, une rangée de tonn… Ah ! Voilà le puits !*

Sweeney se précipita vers la margelle de béton, haute d'un peu plus d'un mètre, et presque par réflexe, il voulut y plonger la lumière de sa lampe. Hélas, le puits était fermé par une plaque de contreplaqué scindée en deux demi-cercles.

Quel idiot tu fais! se reprocha-t-il. *Qu'espères-tu trouver? De nouveaux squelettes, croupissant dans un trou qui constitue le seul point d'eau de la bergerie? Ridicule!* Toutefois, pour en avoir le cœur net, l'inspecteur releva l'une des deux demi-planches, avant de braquer sa torche vers le fond du puits: *Il fallait s'y attendre… Un seau, une corde, et un trou manifestement profond… Tu parles d'une découverte!… Ceci dit*, poursuivit-il, *je ne sais toujours pas d'où provient cette odeur étrange… Pas du puits en tout cas… Encore moins des moutons. On dirait plutôt que ça vient de la gauche…*

Sweeney veilla tout d'abord à refermer la buse, puis braqua sa lampe à mi-hauteur le long du mur.

C'est bizarre… Cette puanteur me dit quelque chose… Des cornichons, non… De l'alcool? Pas du whisky en tout cas!

Absorbé par sa recherche, le policier n'entendit même pas les bêlements, de plus en plus inquiets, qu'émettait le troupeau de moutons.

Ah mais oui! Ça vient des tonneaux… Qu'est-ce qu'il y a là-dedans? Du vin, sûrement pas… Du porto?… Non, c'est autre chose encore… Décidément, je connais ça…

Sweeney s'approcha d'un premier tonneau. *Il n'y a rien d'inscrit là-dessus… Mince, ils sont fermés… Voyons voir, peut-être que le couvercle n'est pas fixé?*

L'inspecteur déposa son sand wedge, coinça la lampe dans sa bouche et, tandis que les moutons geignaient de plus belle, il tenta de faire pivoter le couvercle.

Han!... Ça résiste... Ah si, ça vient...

Doucement, en appuyant sur le rebord gauche du bouchon, Sweeney réussit enfin à le détacher du corps du fût.

Great Scott! Quelle horreur! renifla-t-il, et il recula d'un coup. Mais sa curiosité étant la plus forte, le jeune homme s'approcha de nouveau.

C'est dégoûtant... Qu'est-ce que McKenzie a bien pu laisser mariner là-dedans?

Sweeney braqua sa lampe...

Un corps nu! Un corps sans tête!

L'Écossais se plaqua contre le mur.

Nom de dieu! Il a plongé les disparus dans le formol! Et il les a décapités!

Pendant ce temps, les moutons affolés braillaient à qui mieux mieux. Un bref instant, Sweeney eut l'étrange sensation que sa raison vacillait.

Mais son intellect finit par reprendre le dessus: *Ça y est, je sais ce que cette odeur me rappelle: la morgue! Une p... d'odeur de morgue!* Mécaniquement, le dos toujours en appui, il se mit à compter les tonneaux: *Un, deux, trois... sept... Non, sept! Il y en a sept! Great Scott!*

Presque contre sa volonté, ses jambes le portèrent devant un second fût. Il se vit déboucher le récipient. Puis ses yeux distinguèrent un deuxième corps, alors que son cerveau aurait encore préféré ne pas percevoir cette horreur. Un corps de femme cette fois, également décapité. Et...

À cet instant précis, un flash de lumière, conjugué à une douleur intense, lui traversa le crâne. Sweeney sentit ses bras glisser le long du tonneau. Il eut encore conscience que son visage percutait violemment le sol. Mais sans la moindre douleur cette fois.

Puis, d'un coup, ses yeux se refermèrent sur cette réalité…

Sept tonneaux

Dimanche 11 juin.

On dirait deux jeunes mariés… sourit Sweeney en voyant arriver sa tante et Robert Butler, bras dessus bras dessous, sur le perron du Cluanie Inn.

— L'office est terminé ? leur demanda le policier.

— Oui. C'était très bien, lui répondit sa tante. Nous avons bien fait de choisir Dornie… Et toi ? lui renvoya-t-elle. Comment te sens-tu ce matin ?

Le jeune homme fit un effort pour se redresser dans son fauteuil :

— Le médecin vient de partir. Il m'a fait huit points de suture. J'ai un sacré mal de tête…

— Huit ? répéta la vieille dame. Ça ne m'étonne pas. Je te l'avais dit que ta blessure était profonde. Et Robert aussi !

— Tante, n'en rajoute pas. Même le médecin m'a reproché de ne pas l'avoir appelé hier soir. Il m'a confirmé que j'avais dû perdre beaucoup de sang, et que j'aurais pu faire un malaise, soit sur le trajet depuis la bergerie, soit en pleine nuit, pendant mon sommeil.

— Nous te l'avons assez répété! le sermonna tante Midge. Mais tu n'écoutais pas.

— Ce n'est pas ça! se défendit Sweeney… Mets-toi à ma place. Hier soir, en rentrant, je n'avais qu'une idée en tête: alerter les collègues et les lancer à la poursuite de ce maudit berger.

— Pourtant, si tu t'étais vu! s'émut la vieille dame. Tu étais couvert de sang – ton pull est fichu… soupira-t-elle –, et c'est tout juste si tu nous as laissé le temps, avec Mandy et Jack, de te nettoyer et de désinfecter la plaie.

— Dans ces moments-là, chaque minute compte, rétorqua son neveu.

Avant d'enchaîner:

— Parce que, j'en suis persuadé, c'est McKenzie qui m'a frappé. Qui d'autre aurait pu rentrer dans la bergerie?… Et puis, quand Carraway s'est présenté à son domicile, lui et son chien avaient déjà disparu. L'oiseau s'est envolé!

— Estime-toi heureux qu'il se soit contenté de t'assommer, lui fit remarquer sa tante. Quand je pense à ce qu'il a fait subir aux autres… D'ailleurs, tout à l'heure, j'ai prié pour tous ces malheureux.

La vieille dame et son neveu respectèrent un moment de silence.

Robert Butler en profita pour déclarer, sur un ton affecté:

— Quelle affaire, non mais quelle affaire…

Décidément, réagit Sweeney, *Robert paraît plus préoccupé par ma tante que par tous ces événements. L'amour rend-il à ce point aveugle et sourd, ou notre historien est-il tout simplement indifférent aux autres?… Si c'est le cas,* envisagea-t-il, *pour un universitaire, c'est étrange… Justement non!* se ravisa-t-il aussitôt: *Robert est « précisément » un universitaire. Cultivé, et… beaucoup trop intelligent!*

Par chance, son sourire moqueur passa inaperçu car, au même instant, un visiteur inattendu fit son entrée dans l'hôtel:

— Docteur Tolston! s'exclama Sweeney. Ça alors, quelle bonne surprise!

Tante Midge et Robert s'écartèrent, tandis que le légiste, la quarantaine dynamique, plutôt beau gosse en dépit d'un nœud papillon ridicule, s'approchait pour serrer la main du jeune policier:

— Bonjour, Inspecteur!… Madame, Monsieur… Ça va? Carraway m'a dit que vous aviez pris un méchant coup sur la carafe.

— Les nouvelles vont vite, lui sourit Sweeney. Huit points de suture.

— Je peux voir? s'intéressa Tolston.

— Désolé Docteur, je ne suis pas encore assez mort pour vous! plaisanta le jeune homme. Laissez-moi un peu de temps pour ça… Vous revenez de la bergerie? préféra-t-il enchaîner.

Avant que le médecin ne réponde, tante Midge et Robert Butler prirent congé:

— Bien, nous vous laissons… Nous allons nous changer. Archie, on se retrouve pour déjeuner?

— Oui merci, tante. À tout à l'heure.

Puis les deux anciens s'éloignèrent.

— Votre oncle et votre tante? demanda Tolston.

— Ma tante: oui, sourit le jeune barbu. Mais pour ce qui est de mon oncle, je crois que vous allez un peu vite en besogne!

— Oh, pardon! s'excusa le légiste.

— Laissez, c'est un ami… Asseyez-vous, dit Sweeney pour l'inviter à prendre possession d'un fauteuil jaune… Alors, dites-moi : qu'avez-vous trouvé ?

— Sept tonneaux. Et sept cadavres… annonça Tolston, l'air grave. D'ailleurs, poursuivit-il, on est déjà en train de les acheminer vers mon service, à Glasgow… Comme ça, dans leur jus, ce sera très bien.

— Ah ? Vous ne les avez pas sortis ?

— Non, non. Je préférais faire ça avec tout le confort et l'éclairage nécessaires… Et puis, sourit-il, quand les collègues verront débarquer ce magnifique arrivage… Sept tonneaux ! Vous vous rendez compte ? Ils vont être verts de jalousie !… Non décidément, enchaîna-t-il, vous avez bien fait de venir passer vos vacances dans la région : on ne s'amuse jamais autant que quand vous êtes dans le coin, vous !

Tolston ponctua sa boutade d'une tape sur le genou de son interlocuteur.

À peine surpris par cette familiarité et par l'humour potache du légiste, Sweeney préféra poursuivre :

— Hem, Docteur… L'inspecteur Carraway, je ne l'ai pas revu depuis hier soir… Je crains qu'il ne soit pas d'aussi bonne humeur que vous, s'inquiéta le jeune policier.

— Pensez-vous ! le rassura Tolston.

— Vous croyez qu'il pourrait me faire des ennuis ?… Je veux dire…

— Pour être entré chez le berger ? le devança le médecin. Carraway est procédurier, mais pas à ce point… Non, vous venez de donner un sacré coup de pouce à son enquête.

— Justement, insista l'inspecteur. Il pourrait m'en vouloir, non ? Vous le connaissez bien ?

— Allons, arrêtez de vous en faire pour si peu… C'est le résultat qui compte, n'est-ce pas ?

— Pour la hiérarchie, pas toujours. Je…

— Vous verrez ça plus tard, finit par l'interrompre Tolston. Si l'on parlait plutôt de votre découverte ?

— Hem… Bon d'accord, acquiesça Sweeney… Alors, reprit-il, vous me confirmez qu'il y avait bien sept personnes dans ces tonneaux ?

— Oui, pourquoi ? Vous teniez tant que ça à être le huitième ? plaisanta le médecin.

— Euh, non… Mais je vous avoue que, depuis hier soir, je me demande si ce chiffre de sept n'est qu'un pur hasard.

— Je n'en sais rien. Je ne suis pas cabaliste et encore moins numérologue, moi ! fit mine de protester Tolston. Ce n'est pas mon boulot, vous discuterez de ça avec Carraway, non ?

— Oui, Docteur. Vous avez raison.

— Non, moi tout ce que je sais, c'est que mes nouveaux clients ont tous été plongés dans une espèce de formol – je me demande bien comment ce berger a pu s'en procurer une telle quantité – et, second point commun, que tous ont fait l'objet d'une décapitation totale ou partielle.

— Quoi ? Comment ça ?

— Ce que j'ai observé – mais ce ne sont encore que des constatations sommaires, hein ? Une fois chez moi, je vérifierai s'ils n'ont pas au préalable été empoisonnés, noyés, étranglés, torturés ou…

— Docteur ! C'est bientôt l'heure du déjeuner. Alors s'il vous plaît, si vous pouviez m'évi…

— Ah, parce que vous êtes pressé ? se méprit Tolston. Bon, je résume : tous ont été décapités d'avant en arrière. Mais, parfois, la tête n'a pas été complètement décollée.

Assailli par une peur rétrospective, Sweeney déglutit bruyamment sa salive.

— Et… Et pour ceux… s'efforça-t-il de poursuivre, ceux qui n'avaient plus…

— Les têtes coupées ? Oh, sourit Tolston, elles étaient bien rangées au fond de leur tonneau. Votre McKenzie est un gars méticuleux !

Sweeney sentit une décharge d'adrénaline, froide et malsaine, lui traverser les reins.

Le légiste de Glasgow pour sa part, toujours en verve, osa une nouvelle blague :

— Votre type, là, à la City, avant d'être banquier, il devait sûrement être « chasseur de têtes »[28] !

Tolston gratifia le policier d'une nouvelle claque sur la cuisse.

Celle-là, je ne sais pas comment je dois la prendre… hésita le jeune homme.

— Maintenant, enchaîna le médecin sur un ton plus professionnel, il faudrait se poser la question de savoir pourquoi, après vous avoir assommé, le berger ne vous a pas réservé le même sort qu'aux sept autres.

Mais c'est qu'il serait presque déçu ! s'émut le barbu.

Puis, d'un seul coup, Tolston revint à ses humeurs de carabin :

— Ah mais si, je crois que j'ai deviné ! rigola-t-il. S'il vous a épargné, c'est qu'il n'avait plus de tonneau !

Et le légiste partit d'un grand rire.

---

28. Activité visant à recruter des cadres de haut niveau.

Sweeney, qui en avait pourtant vu d'autres, finit par décréter que l'humour pratiqué dans les salles d'autopsie n'était décidément pas fait pour lui.

— Docteur, dit-il plus sérieusement pour s'efforcer de le ramener aux contingences de la situation, quand vous dites « décapité », comment McKenzie procédait-il ? Avec une scie par exemple ?

— Oh non ! se ressaisit Tolston. Même si l'angle était parfois trop incliné – ce qui a généré les décapitations incomplètes –, les bords sont extrêmement nets. McKenzie utilise un sabre, ou une arme de ce type.

Comme le cavalier de Glen Shiel !... ne put s'empêcher de frissonner Sweeney.

Pour repousser cette idée saugrenue, le policier reprit :

— Sinon, j'y pense : savez-vous si les collègues ont retrouvé l'arme, dans la bergerie ?

— Non, ça ne me dit rien, le renseigna Tolston. Carraway me l'aurait signalé... Et puis j'ai l'impression qu'ils essayaient surtout de mettre la main sur votre agresseur. Même s'ils n'ont vraiment lancé les recherches que ce matin, précisa-t-il encore.

— Oui, je suis au courant. J'aurais préféré qu'ils commencent dès hier soir.

— Dites, c'est le week-end, lui fit remarquer le médecin. Difficile de mobiliser autant de monde ces jours-là... Et puis je trouve que Carraway s'est même plutôt bien débrouillé, le défendit-il.

— Oui, sûrement... finit par concéder son collègue.

— D'ailleurs, songea Tolston, John m'a dit qu'il passerait pour vous donner des nouvelles de sa « chasse à l'homme ».

— D'accord. J'espère qu'elles seront bonnes, sourit Sweeney.

Avant d'ajouter :

— Même si je ne suis pas trop pressé de revoir Carraway. J'ai vraiment peur qu'il ne se contente pas de me passer un savon. Hier soir déjà, il…

— Bah ! riposta le médecin. Même si votre curiosité, et votre absence de respect des procédures, vous ont déjà coûté cher, avouez que vous ne l'auriez pas volé, non ?

— Mmm… admit le jeune homme.

Mais pour finalement revenir à cette question qui le taraudait encore :

— Docteur, je n'ai toujours pas la réponse… À votre avis, pourquoi McKenzie m'a-t-il épargné ? C'est vrai, insista-t-il, j'étais seul, à sa merci, et il avait tout le temps de m'achever. Au lieu de ça, c'est lui qui a disparu. Alors pourquoi…

— C'est simple, le coupa Tolston en se levant. Je vous l'ai dit : toutes ses victimes ont été décapitées par-devant. Et vous, vous lui tourniez le dos. Il n'a pas aimé, que voulez-vous que je vous dise ? Vous l'avez perturbé ! sourit-il.

Puis le légiste se dirigea vers la porte de l'hôtel.

— Allez, il faut que je rentre à Glasgow… Reposez-vous. À bientôt !

— Docteur ! le héla Sweeney. Vous êtes sérieux ou c'est encore une blague ?

« Clac » résonna la porte du Cluanie Inn.

Andrew Tolston était déjà sorti.

*

— Allô, Ian ?… Oui, c'est Sweeney. Je ne te dérange pas au moins ?… Ah, tu déjeunais ?

— Bien sûr ! riposta son coéquipier McTirney. Que veux-tu que je fasse d'autre, un dimanche midi ? Ne me dis pas que le patron a besoin de nous ?

— Non non, le rassura son jeune collègue. C'est plutôt moi qui aurais besoin de toi.

— Quoi ? Je croyais que tu étais parti randonner dans les Highlands ?

— Justement, j'y suis toujours. Et j'aimerais y rester encore un peu.

Puis, avant que McTirney n'ait eu le temps de protester, Sweeney s'empressa de lui raconter son séjour mouvementé sur la lande.

— Dis donc, toi ! s'exclama son coéquipier. Tu ne fais jamais rien comme tout le monde… Et qu'est-ce que tu attends de moi ? finit-il par comprendre.

— Euh, voilà… hésita le jeune barbu, gêné. Est-ce que demain, à la reprise, tu pourrais dire à Wilkinson que je me suis blessé et que je suis arrêté pour deux jours ?… J'aimerais ne reprendre que mercredi prochain.

— Quoi ? s'étrangla McTirney. Tu veux que je mente pour toi ? Pourquoi ne le fais-tu pas toi-même ?

— Parce que le patron ne me croira jamais. Il sentira tout de suite que ma voix est mal assurée… Tandis que si c'est toi qui lui annonces, il te fera confiance. Il sait que tu ne mens jamais.

— Tu es gonflé ! s'indigna-t-il. Et il faudrait que je me mouille pour tes beaux yeux ?

Sweeney dut argumenter de longues minutes. Tout à sa conversation, il ne remarqua même pas l'arrivée de sa tante, venue le chercher pour déjeuner.

Puis son coéquipier finit par lâcher :

— OK, c'est bon… Je raconterai à Wilkinson que tu es arrêté par le médecin. Mais ne compte pas sur moi pour inventer je ne sais quelle salade ! Tu te débrouilleras avec lui à ton retour. Ça te va ?

— Tu es un frère, Ian ! s'enthousiasma l'inspecteur. Je serai là mercredi matin, promis !… Embrasse ta femme et tes enfants de ma part. Je leur…

— Ouais, c'est bon ! râla McTirney. Ils m'attendent pour le dessert. À mercredi, salut !

L'ancien raccrocha et Sweeney n'eut pas le temps de se réjouir que, déjà, tante Midge lui lançait :

— Qu'est-ce que c'est que cette histoire ? On ne ment pas Archie, voyons !… Pas à son supérieur, et encore moins un dimanche. Je ne te reconnais plus ! lui asséna la vieille dame, la mine abattue.

— Tante, écoute-moi ! l'implora-t-il. D'ici deux jours, Carraway devrait avoir mis la main sur McKenzie. Et j'ai vraiment besoin d'être là pour son interrogatoire… Tu comprends, c'est important pour moi. Je voudrais savoir pourquoi il a fait ça… Deux jours, répéta-t-il avec insistance. Ensuite, nous partirons.

— Et si ton Carraway ne parvient pas à l'arrêter ?

Sweeney réfléchit brièvement, puis concéda :

— Eh bien, nous partirons quand même.

— Mmm… douta tante Midge. Bien, je te l'ai toujours dit : si tu restes, je reste aussi, céda-t-elle. Je vais aller voir Mandy, pour la prévenir que nous ne partons que mercredi matin. Mais pas un jour de plus ! lança-t-elle encore depuis le couloir.

Si Robert n'était pas là, je ne suis pas certain que tante Midge rendrait les armes aussi vite, songea son neveu.

Mais je dois avouer que depuis deux jours, je suis épaté par la jeune fille qui sommeille en elle… Sacrée tante! s'amusa Sweeney, puis il quitta son fauteuil.

*

Non! Pas au beau milieu du haggis! soupira Sweeney en voyant surgir son collègue John Carraway dans le restaurant du Cluanie Inn.

Tante Midge et Robert Butler se retournèrent à leur tour, surpris.

Pourquoi sourit-il? s'inquiéta le jeune barbu. *D'ailleurs c'est dommage*, songea-t-il: *le seul défaut dans son apparence, ce sont justement ses dents irrégulières. Surtout celles du haut… Parce que pour le reste, avec son costume bien repassé, son ciré « classe », et sa coupe à la George Clooney, il porterait plutôt beau le collègue de Glasgow… Non, ce qui m'inquiète vraiment*, réfléchit Sweeney, *c'est le conformisme de Carraway: il porte ce costume « parce qu'il le faut bien »; il met une cravate « parce qu'il le faut bien »; et pour mon intrusion chez McKenzie, il serait capable de me coller au trou juste « parce qu'il le faut bien »! Je n'aime pas ce sourire…*

L'enquêteur retint son souffle.

À peine arrivé devant sa table, et sans même avoir retiré les mains de ses poches, Carraway lui annonça:

— On l'a! Vous voulez venir?

Sweeney bondit aussitôt:

— C'est vrai?

— Et votre tête? Ça va mieux? demanda son collègue.

— Oui oui, lui affirma le rouquin, en ramassant son sand wedge. Et puis j'ai justement un compte à régler avec ce McKenzie… On y va ?

Pour toute réponse, Carraway salua les deux autres convives d'un hochement de tête, puis tourna les talons. Immédiatement, Sweeney lui emboîta le pas, adressant un rapide signe de la main à sa tante.

— Mets au moins un manteau ! lui cria-t-elle.

Peine perdue.

Dès que les deux inspecteurs parvinrent sur le parking, Carraway annonça :

— On prend ma voiture. Venez.

Sweeney embarqua à bord d'une Lexus noire. Avant de demander enfin :

— Où va-t-on ? Vous l'avez conduit au commiss…

— Ça ne risquait pas, le coupa son collègue.

Il démarra le moteur.

Puis, après avoir pris la route de l'ouest, Carraway finit par lâcher :

— On l'a… Mais il est mort. Je ne voulais pas le dire devant votre famille, pour ne pas les effrayer.

— Quoi ? sursauta Sweeney. Il s'est suicidé ?

— Oh non… sourit ironiquement Carraway. Il a été décapité !

La nouvelle fit sur son passager l'effet d'un coup de poing dans l'estomac.

— C'est… C'est… bredouilla ce dernier.

Il préféra garder le silence, conscient qu'il était momentanément incapable de structurer sa pensée. Comme hébété, Sweeney se contenta de regarder défiler la route, sans même adresser la parole à Carraway.

Ce n'est qu'à cinq kilomètres d'Eilean Donan Castle que le jeune inspecteur repéra soudain, sur la droite de la route, un attroupement de policiers vêtus de gilets jaunes. Son collègue stoppa sa Lexus au milieu des véhicules de service.

Puis les deux hommes, toujours silencieux, remontèrent la lande en direction d'un autre groupe d'une dizaine de personnes. En approchant, Sweeney crut y reconnaître le docteur Tolston, accompagné par deux ou trois de ses sbires de la Scientifique.

— C'est le légiste ? finit par demander l'inspecteur.

— Mmm… marmonna son collègue, la tête basse et les mains plongées dans les poches de son ciré. Dès que j'ai su qu'on avait trouvé le corps, j'ai rappelé Andrew. Il était sur la route de Glasgow et n'a eu qu'à faire demi-tour. Ensuite, les gars de son service, ceux qui travaillaient encore dans la bergerie, l'ont rejoint.

Dès que le duo parvint à proximité du groupe, les agents en tenue saluèrent Carraway.

Avant de se concentrer à son tour sur l'objet de toutes les attentions policières, Sweeney, comme par réflexe, prit le temps de scruter le paysage alentour : *C'est un beau dimanche de juin. Calme et frais… Les montagnes nous contemplent, en se demandant ce que nous faisons là. Elles feraient mieux de nous raconter ce qu'elles ont vu… Quant à la lande, elle reste impassible. Aussi sereine qu'immuable…*

Enfin apaisé, l'inspecteur trouva le courage de regarder à nouveau devant lui : Pat McKenzie était là, lui aussi… ou presque ! Sa tête avait roulé sur environ dix mètres, emportée par la pente.

Curieusement, son large chapeau était resté en place, et ses yeux ouverts lorgnaient encore vers le ciel. Près du corps, Tolston, agenouillé, procédait à quelques vérifications, notant ses constatations dans un petit carnet jaune.

C'est Carraway qui tira Sweeney de ses pensées :

— Dites collègue, avant que l'on ne parle de tout ça, j'aimerais évacuer une première hypothèse… Hier soir, après avoir reçu votre coup sur la tête, vous ne vous êtes pas vengé au moins ?

Abasourdi, le jeune barbu fixa Carraway, comme incapable de prononcer un mot.

— Vous n'avez rien de mieux ? lui reprocha aussitôt Tolston.

Le légiste interrompit ses observations et se redressa :

— John, franchement ! sermonna-t-il l'inspecteur de Glasgow, tout en s'approchant de lui.

L'émotion et la surprise passées, Sweeney songea que l'allusion outrageante de Carraway aurait mérité un bon coup de sand wedge sur son maudit crâne !

Tolston poursuivit :

— Au lieu de dire n'importe quoi, John, écoutez ça : le berger a subi une décapitation par l'avant. C'est le même *modus operandi* que pour les cadavres des tonneaux. Vous saisissez ?

Avant que son collègue ait pu répondre au légiste, Sweeney demanda soudain :

— Où est son chien ?

Surpris, Carraway retrouva ses esprits et répliqua :

— Il était là… Heureusement d'ailleurs : c'est lui que la patrouille a aperçu ce matin. Le corps, pour sa part, était invisible depuis la route. On aurait pu le chercher longtemps… Le border collie montait la garde près de son maître, précisa-t-il encore. Le chien a dû rester là toute la nuit. Un agent l'a emmené avec lui.

— Je confirme ! annonça le légiste. A priori, la mort est survenue entre minuit et deux heures du matin. J'essaierai d'être plus précis à l'autopsie.

Puis Tolston se dirigea de nouveau vers le corps, et s'adressant à Carraway, ajouta :

— Regardez : son bâton… Le pommeau est couvert de sang. Une rapide analyse devrait nous confirmer qu'il s'agit bien de celui de notre ami Sweeney. Fichez-lui la paix, le berger l'avait bel et bien assommé.

— Mmm… Ou même laissé pour mort, finit par envisager le policier à l'imper.

— Ah, quand même ! riposta son jeune collègue.

— C'est bon, c'est bon… grommela Carraway. Je m'excuse…

Avant de s'interroger :

— Mais qu'est-ce que McKenzie fichait là, bon sang ?

— J'ai l'impression qu'après m'avoir frappé, proposa Sweeney, il a pris peur, et qu'il s'est enfui. Lui qui ne s'aventurait jamais la nuit sur la lande, cette première expérience lui aura été fatale.

Au même instant, une corneille se posa près de la tête du berger. Aussitôt, l'oiseau se mit à planter de vigoureux coups de bec dans le visage figé du malheureux.

— Chambers ! hurla Tolston à un homme en combinaison blanche. Magnez-vous ! Mettez-moi cette tête dans un sac. Vite !

L'expert se précipita vers le charognard, provoqua son envol, puis se hâta d'emballer soigneusement tête et chapeau.

Ce lugubre incident clos, Sweeney reprit :

— Il avait raison.

— Quoi ? releva Carraway.

— Il avait raison de se méfier de la lande la nuit, compléta l'enquêteur. Manifestement, McKenzie a été victime du même assassin que les sept autres.

— Plausible… se contenta d'approuver son collègue, l'air exagérément concentré.

— Est-ce qu'il allait vers le château ? suggéra encore Sweeney, en se retournant vers la mer.

— On dirait… commenta Tolston. Mais si c'est le cas, pour quoi faire ?

— Je ne sais pas… lui répondit le barbu, songeur.

Un silence, à peine perturbé par le vent et les hommes affairés autour du corps, se fit au sein du trio.

— Une chose est sûre, finit par avancer Carraway. Si votre hypothèse est la bonne, le meurtrier des sept premières personnes, et maintenant celui de McKenzie, court toujours.

— Plausible… l'imita Sweeney, moqueur.

— Perspicace même ! renchérit Tolston.

— Ça va, lâchez-moi vous deux ! protesta le policier de Glasgow.

Dommage, je croyais qu'il avait un peu plus d'humour, songea son jeune collègue.

Pour éviter d'exaspérer Carraway, Sweeney préféra s'éloigner et partit arpenter la scène de crime. Instinctivement, il remonta dans la direction inverse à celle prise par le berger.

Très vite, des traces caractéristiques, nettes et profondes, lui apparurent.

Mais qu'est-ce que c'est que ça ? s'étonna-t-il en s'agenouillant. Le sand wedge en appui dans une main, la tête bien droite, le jeune homme continua d'observer les alentours : *Il y en a d'autres,* remarqua-t-il. *Là-haut, plus visibles encore...* L'inspecteur se redressa, puis remonta le terrain sur une cinquantaine de mètres. *J'en étais sûr... Des sabots !*

Ébranlé, Sweeney redescendit aussitôt vers le groupe.

— Qu'est-ce que vous faites ? lui demanda Carraway.

— Euh... Rien. Je faisais un tour, préféra-t-il mentir.

Après le coup que j'ai reçu sur la tête, si je lui parle du fantôme du cavalier, Carraway est capable de me faire interner à Morningside[29] ! Non, dans l'immédiat, proposons-lui cette hypothèse sous un angle plus astucieux...

— Je me souviens, fit-il mine de réfléchir, que McKenzie m'avait dit se sentir menacé.

— Quand ça ? réagit son collègue, de nouveau soupçonneux.

— Oh... Je l'avais croisé près de chez lui il y a deux jours, tergiversa Sweeney. Il m'avait raconté que Donovan McLeod et un autre type l'avaient agressé devant sa bergerie. Ils étaient venus l'intimider, dans l'intention de le faire partir... McKenzie ne connaissait pas le nom de ce deuxième homme, mais il me l'avait décrit. Or hier, je jurerais que je l'ai rencontré à Shiel Bridge.

— Et qui est-ce ? s'intéressa Carraway.

— Un certain Richard Smith. Il dirige le centre équestre du village.

---

29. Hôpital psychiatrique d'Édimbourg.

— Pff, connais pas… soupira son collègue, dubitatif.

— Et quand je vois ces traces de sabots tout autour, persista Sweeney, je ne peux m'empêcher de…

— Ben voyons ! s'agaça Carraway. Bien sûr qu'on les a vues, nous aussi, ces empreintes. Et alors ? Vous, comme ça d'un coup, vous en « déduisez » qu'elles nous mènent chez ce Richard Smith ? Ah, chapeau ! C'est scientifique ça, c'est professionnel ça… Dites-moi, vous travaillez toujours comme ça, à Édimbourg ?

Son jeune collègue décida d'ignorer ses sarcasmes. Il répliqua :

— Non, bien sûr… C'est juste un *feeling*. Je dirais que…

— Un *feeling* ? sursauta Carraway. Que voulez-vous que je fasse d'un *feeling* ? Je m'en fiche, moi ! explosa-t-il. Comme n'importe quel juge s'en ficherait d'ailleurs !… Je mène une enquête, moi. Ce n'est pas comme vous : je ne suis pas en vacances, moi !

Sweeney ne s'en laissa pas compter et réagit au quart de tour :

— Pour l'instant, même si vous vous en « fichez » comme vous dites, c'est mon *feeling*, et rien d'autre, qui nous a permis de retrouver Fergusson et les disparus. Alors, vous pouvez toujours vous moquer de mes intuitions mais, elles au moins, elles donnent des résultats !

Désarçonné, Carraway sortit une main de sa poche. Mais finalement, détournant le visage, il se contenta de la rabaisser vers le sol. Andrew Tolston sourit. En fin connaisseur de l'âme humaine, ce dernier s'était délecté de la passe d'armes entre les deux jeunes Écossais. Volontairement, il s'était abstenu d'y participer, jugeant que, dorénavant, l'affaire était entendue : Sweeney avait définitivement pris l'ascendant sur l'inspecteur Carraway.

— Admettons… finit par reprendre Carraway. Admettons que les disparus aient été assassinés par un quidam dénommé Smith, Jones, Williams, ou par qui vous voudrez… Mais alors, dites-moi : que faisaient les cadavres chez McKenzie ? Hein, dites-moi ? défia-t-il son collègue.

— Hem… Je ne sais pas, reconnut Sweeney.

— Et s'il les avait « récoltés » ? proposa soudain Tolston, volant à la rescousse du plus jeune des duellistes.

— Quoi ? fit entendre Carraway… Récoltés ? Mais pour en faire quoi ? Une jolie collection de cadavres sans tête, peut-être ?

— Non non, rebondit déjà Sweeney. J'aurais bien une idée… Si ces personnes ont effectivement été assassinées sur la lande, comme McKenzie cette nuit, alors il est plausible que le berger, avec son omniprésence sur le terrain, ait pu, à chaque fois, les découvrir le premier. Il les aura récupérés, chargés sur son âne, puis fait disparaître dans ces tonneaux que j'ai ouverts hier soir.

— Mais bon dieu, dans quel but ? continua de s'énerver Carraway.

— Tu sais, le tutoya soudain son jeune collègue, je t'ai dit que McKenzie et les McLeod se livraient à une véritable bataille pour s'approprier les terres de la région. Peut-être que le berger soupçonnait ses rivaux d'être à l'origine de ces meurtres ?…

Peut-être voulait-il étouffer momentanément l'affaire pour, après avoir pris le dessus, les discréditer pour de bon, et reconquérir le château ?

— Et c'est pour ça qu'il se rendait à Eilean Donan cette nuit ! vint l'appuyer Tolston.

Carraway, agacé et dubitatif, dévisagea ses contradicteurs. Avant de lâcher :

— Plausible…

Sweeney et Tolston échangèrent un sourire complice.

— Plausible ? Ça, c'est une bonne idée, John ! le complimenta le légiste, blagueur. C'est même une sacrée bonne idée que vous venez d'avoir ! rigola-t-il.

Et il lui administra une bourrade magistrale dans le dos !

*

— C'est une simple garde à vue ! déclara l'inspecteur Carraway à Richard Smith, tandis que l'agent Barkley lui entravait déjà les poignets.

— Mais qu'est-ce que ça veut dire ? Vous n'avez pas le droit ! protesta sa femme Elaine, en accompagnant son mari hors du bungalow.

— Votre mari n'a pas d'alibi pour la nuit dernière, lui précisa le policier, et nous avons besoin de l'interroger dans le cadre de notre enquête.

— C'est normal que je n'aie pas d'alibi ! clama le directeur de l'Éperon. J'étais parti seul à la pêche, sur les bords du loch. J'y vais une à deux fois par mois. Mais dis-leur, Elaine !

L'agent Barkley pressa sur le crâne de Richard Smith, l'obligeant à prendre place à l'arrière de la voiture de police.

— Qu'est-ce qu'il va se passer ? s'inquiéta Elaine auprès de Carraway.

D'un ton rassurant, l'inspecteur lui expliqua :

— Je lui détaillerai tous ses droits au poste. Pas de souci : si tout va bien, d'ici environ six heures, votre mari sera de retour.

Bouleversée, et au bord des larmes, Elaine Smith ne quittait plus le regard de son mari. Elle ne reconnut même pas ce drôle de jeune homme, un club de golf sur l'épaule, qui se tenait à ses côtés.

Dire que je suis la cause de ce drame, frémit Sweeney. *Pourvu que je ne me sois pas trompé...*

Soudain, au même instant, un cheval noir, monté par une jeune fille, surgit d'entre les stalles. La jument et sa cavalière frôlèrent les véhicules – Sweeney eut à peine le temps de se reculer –, puis l'animal partit au galop, filant vers la sortie du centre équestre.

— Emma ! hurla sa mère à l'adolescente. Où vas-tu ? Reviens !

Mais la jeune fille avait déjà disparu sous le porche.

— Je... Je suis désolé, bredouilla Carraway. Elle reviendra... C'est l'émotion.

— Fichez-moi le camp ! lui cria Elaine. Et ramenez-moi mon mari avant ce soir !

L'inspecteur fit signe à tous les policiers d'embarquer. Puis Sweeney l'entendit répéter à la mère d'Emma :

— Elle reviendra... Si vous n'avez pas de ses nouvelles d'ici une ou deux heures, appelez-moi. Je vous aiderai.

Elaine Smith fondit en sanglots, et le convoi s'ébranla.

En quittant Shiel Bridge pour remonter vers l'A87, Sweeney fut de nouveau assailli par le doute : *C'est Carraway qui a raison, je vais trop vite… Ma réflexion ne s'appuie sur rien de solide. Ce ne sont que des intuitions, rien de plus… Je pèche par excès de confiance, ou d'orgueil, tout ça parce que j'ai retrouvé Fergusson et les sept autres… Après tout, ce n'était peut-être qu'un coup de chance ?… S'il arrive quoi que ce soit à cette gamine, je ne me le pardonnerai pas…* soupira-t-il enfin.

En approchant du Cluanie Inn, Sweeney finit par prendre une décision : *Je vais demander à Carraway de me déposer à l'hôtel. Je ne l'accompagnerai pas pour l'interrogatoire de Smith… Je vais le laisser poursuivre son enquête et je dirai à tante Midge que nous rentrons à Édimbourg dès demain. J'en ai déjà bien assez fait comme ça. Il est temps de m'arrêter avant de commettre une erreur… D'ailleurs,* réfléchit-il, en proie à une sourde inquiétude, *il est peut-être déjà trop tard…*

Robert n'est pas rentré !

Lundi 12 juin.

— Tu es encore là ? s'étonna Sweeney en découvrant sa tante à la table du petit-déjeuner.

— Oui, je t'attendais. Je suis inquiète, avoua la vieille dame. Tu n'as pas vu Robert ? J'ai l'impression qu'il n'est toujours pas rentré.

Son neveu commença par se servir une tasse de café.

— Depuis hier ? sourit-il enfin. Mmm, c'est vrai qu'hier soir je n'ai pas vu son… comment dis-tu déjà ? Ah oui : son « deerstalker » !

Sweeney ne put s'empêcher de songer, amusé : *Alors tante, une première crise de jalousie ?*

— Robert n'a pas de portable ?

— Voyons ! s'offusqua la vieille dame. Même si j'avais son numéro, je n'oserais pas l'appeler.

Une vraie midinette ! sourit-il encore.

Le jeune homme prit le temps de se beurrer un toast, mais tante Midge, elle, n'avala rien.

— Tu crois qu'il est parti ? continua-t-elle de s'inquiéter. Il m'aurait saluée tout de même… Robert savait que nous quittions l'hôtel ce matin.

Son neveu comprit qu'il fallait l'aider à se calmer :

— Est-ce que tu ne m'as pas dit qu'il était allé faire des photos pour son livre, hier après-midi ?

— Si ! Robert m'avait expliqué qu'il voulait photographier le champ de bataille de Glen Shiel depuis les *Five Sisters* et qu'il rentrerait tard. C'est pour ça que je ne me suis pas inquiétée hier soir. Mais je ne pensais pas qu'il en aurait pour si longtemps. Il connaît bien la région pourtant.

— En effet, lui confirma son neveu. À quelle heure est-il parti ?

— Oh, avant le thé… Oui, vers quinze heures, estima tante Midge.

— À pied ?… Tu sais, reprit Sweeney, même pour un excellent marcheur comme lui, l'aller-retour nécessite plusieurs heures. Il a peut-être été surpris par la nuit.

— Tu crois ? Mais où serait-il resté ?

— Je ne sais pas… Peut-être a-t-il pris une chambre sur Dornie, ou sur Shiel Bridge, en constatant qu'il rentrerait trop tard au Cluanie Inn.

— Sans prévenir ? douta la vieille dame.

— Tu sais tante, Robert est un grand garçon ! plaisanta son neveu, avant de mordre dans son toast.

Mais tante Midge demeura soucieuse. Elle continua de remuer sa cuillère, sans jamais porter le café à ses lèvres, et elle conserva le regard braqué vers la porte.

— C'est bon, se décida Sweeney. Je vais me renseigner auprès de Mandy.

L'inspecteur caressa la tête de son chien, puis se dirigea vers le guichet.

— Bonjour, Mrs Greene!

— Re-bonjour, Mister Sweeney. Je vous avais déjà salué tout à l'heure, quand vous êtes descendu, mais vous aviez l'air perdu dans vos pensées… Bien dormi ? Vous avez des nouvelles au sujet de l'assassin de ce pauvre Pat ?

Un « pauvre » Pat qui m'avait quand même ouvert le crâne… râla l'inspecteur.

— Euh… hésita-t-il. Je ne peux rien vous dire, Mandy. L'enquête est en cours. Mais… Oui, nous avançons.

— Ah ? Très bien, déclara-t-elle, un peu déçue. Vous vouliez votre clé ?

— Hem… Non. Ma tante s'inquiète pour son ami Robert. Elle m'a dit qu'il n'était pas rentré depuis hier. Vous avez de ses nouvelles ?

— L'enquête est en cours, je ne peux rien vous dire… se vengea Mandy, en souriant. Non pas encore, finit-elle par le renseigner. Mister Butler m'a déposé sa clé hier après-midi, mais il n'est toujours pas rentré.

— Ah ? s'étonna Sweeney.

— Ne vous inquiétez pas, et rassurez votre tante, comprit-elle : Mister Butler séjourne chez nous depuis des années. Je le connais bien… Il lui arrive de s'absenter pendant un ou deux jours pour ses recherches, puis il refait surface… Vous verrez, il devrait être là pour déjeuner.

— Mmm… Je vous remercie.

L'inspecteur retourna vers sa table. À sa grande surprise, tante Midge s'était éclipsée et revenait à peine du fond de la salle.

— Sa voiture est là ! clama-t-elle. Je suis allée voir sur le parking… C'est bizarre tout de même.

— Mais non, lui répondit Sweeney. Tu m'as dit toi-même que Robert avait décidé de partir à pied. Et Mandy vient de m'apprendre qu'il lui arrivait de s'absenter pendant plusieurs jours, avant de finalement revenir à l'hôtel.

— Ah ?

— Mrs Greene pense qu'il sera là pour déjeuner. Tu vois ?… Allez, viens finir ton…

— Non merci, je n'ai pas faim. Je vais aller boucler mes valises. Ça m'aidera à penser à autre chose.

La vieille dame partit en direction de sa chambre.

Je ne l'ai jamais vue dans cet état… soupira son neveu.

L'inspecteur retourna s'asseoir, suivi par son chien.

Mon vieux Berthie, tante me fait de la peine… Je ne sais même pas comment lui remonter le moral. En fait, je crois qu'elle a peur de partir sans avoir revu Robert. Je comprends ça… Tant pis, décida-t-il, *nous attendrons qu'il soit arrivé pour prendre la route. Nous ne sommes pas à quelques heures près.*

Satisfait par sa décision, Sweeney se servit un nouveau café bien chaud.

Mais le sentiment de malaise que lui avait transmis sa tante persista : *Ça me rappelle le soir où Ilona n'est pas revenue…* se souvint-il. *C'était un dimanche. Elle m'avait dit qu'elle faisait un saut chez une amie mais, en réalité, elle avait déjà pris toutes ses affaires… Quand je m'en suis rendu compte, je me suis senti tellement mal ! Je n'ai même pas osé l'appeler pendant deux jours… Et puis, je savais déjà pourquoi elle me quittait.*

Vivre avec un policier, un type qui n'est jamais là et qui, lorsqu'il rentre enfin, reste la tête perdue dans ses enquêtes... Ilona n'était pas prête. Ou elle ne voulait tout simplement pas vivre comme ça.

Le jeune homme tendit un morceau de toast à son teckel.

Tante Midge doit se sentir aussi mal que moi ce soir-là, imagina-t-il. *Bien, je vais monter lui annoncer que nous attendrons le retour de Robert pour partir. Après, elle se sentira mieux...* Avant de songer : *Mais je ferais peut-être aussi bien d'appeler Carraway au préalable. Si tante s'inquiète autant, c'est aussi parce que Robert est parti sur la lande. Et après toutes ces tragédies...* réalisa-t-il enfin. *Quand je lui dirai que John m'a confirmé qu'il n'était rien arrivé à son « chéri », elle sera définitivement rassurée.*

Le jeune homme vida sa tasse de café, consulta sa montre – *Dix heures, déjà ? Carraway doit être au bureau* – et alluma son portable.

Après deux sonneries, son collègue décrocha :

— Oui, allô ? Carraway.

— Salut, John. C'est Sweeney. Je ne te dérange pas ?

— D'où m'appelles-tu ? s'étonna le policier de Glasgow. Tu ne m'avais pas dit que tu rentrais à Édimbourg ?

— Non, je suis encore au Cluanie Inn. Mais justement, avant de partir, je voulais attendre le retour de l'ami de ma tante, l'historien Robert Butler. Il n'est pas rentré hier soir – il est allé randonner du côté de Glen Shiel –, et elle s'inquiète. Tu dois te souvenir de lui, il était assis à notre table hier midi, lorsque tu...

Curieusement, alors que Carraway restait muet, Sweeney sentit que quelque chose n'allait pas :

— John, tu m'entends ?

— Oui... répondit son collègue, l'air absent.

Avant de lâcher :

— Décidément, tu as un sixième sens, toi...

— Hein ? Qu'est-ce que tu racontes ?

— Oui... Je venais à peine de raccrocher. J'étais avec Tolston deux secondes avant que tu ne m'appelles.

— D'accord. Et quel rapport avec Robert ? Je voulais juste confirmer à ma tante que tout va bien et que, évidemment, vous n'avez aucune nouvelle de son ami.

Un silence se fit à l'autre bout du fil.

— John, tu m'entends ? répéta Sweeney.

Carraway ne répondait toujours pas.

— Hé, John ?... Tu es là ?...

— Je... J'aurais fini par t'appeler...

— Quoi ?

— Oui, pour Butler...

Le ton de son collègue finit par l'inquiéter :

— Oui, eh bien quoi ?... Il est parti seul vers les *Five Sisters*, hier après-midi. Il voulait faire des photos. Vous n'en avez pas entendu parler, n'est-ce pas ?

Soudain, Carraway concéda :

— Heu... Si.

Cette fois, ce fut au tour de Sweeney de ne plus trouver ses mots.

— Je me doutais que c'était lui, enchaîna son collègue. Quand on m'a donné son signalement ce matin – le chapeau surtout –, j'ai tout de suite pensé à lui.

Des images terribles – mais forcément stupides, puisque rien de mal n'avait pu arriver à Robert –, s'emparèrent de l'esprit de Sweeney.

— Quel signalement ? De quoi parles-tu ?

— Butler est mort, lui asséna brusquement Carraway. Il a été découvert par des randonneurs, il y a deux heures de ça. Je l'ai appris peu après huit heures.

— Tu... Tu es sûr ? balbutia son jeune collègue. Que... Qu'est-ce qu'il s'est passé ? Un accident ?

— Non, il a été assassiné sur la lande de Glen Shiel. Décapité, lui aussi... Tu te doutes de l'ambiance qui règne dans le service.

Sweeney se tut. Il regarda son chien, la chaise laissée libre par sa tante, mais aussi celle de droite. Celle que, depuis plusieurs jours, Robert Butler occupait en leur compagnie.

Comment vais-je lui annoncer ?... Ce sera un tel choc ! Et puis, je ne lui ai jamais dit une chose pareille... Les familles des victimes, j'ai l'habitude. Mais là, il s'agit de ma propre tante... Je ne sais pas... Robert était tellement sympathique.

— Sweeney, tu m'entends ? le relança Carraway.

— Heu... Oui, John. Je t'avoue que je suis un peu KO pour l'instant. Tu comprends, pour ma tante, Robert était un ami... Je... Je ne sais pas comment...

— Moi aussi je suis KO, tenta de le réconforter son collègue. Comment crois-tu que j'ai pris la nouvelle ce matin, en arrivant ? Au début, j'ai cru à une mauvaise plaisanterie... Mais non : la patrouille qui s'est rendue sur place m'a confirmé la présence du cadavre. Les trois randonneurs avaient même attendu l'arrivée de nos gars.

— Mais qu'est-ce que c'est que ce bordel ?! finit par exploser Sweeney. Je ne comprends pas ! Richard Smith était bien chez toi, hier ? Il ne peut pas…

— Précisément, le coupa Carraway. L'idée m'a tout de suite effleuré, moi aussi. J'ai appelé Tolston pour lui demander s'il pouvait d'urgence se rendre sur place – le docteur est déjà en route – et je lui ai transmis la description du cadavre… Avec les éléments que je lui ai donnés, Andrew m'a confirmé que la mort de Butler devait remonter à un peu plus de douze heures, soit aux alentours de vingt heures hier soir.

— Mais vingt heures, bon sang, Smith n'était pas encore rentré chez lui ?

— Bien sûr que non. C'est à peu près l'horaire auquel il a quitté nos bureaux. Nous n'avions absolument rien à lui opposer, et il a tenu bon face à toutes nos questions… Et comme il lui fallait encore près de deux heures pour rentrer à Shiel Bridge, nous pouvons d'ores et déjà le rayer de la liste de nos suspects.

— P… ! éructa Sweeney, sous l'effet de la colère et de la déception.

— Calme-toi. Tu t'es trompé, voilà tout… Mais j'aurais préféré que tu aies raison : parce que deux assassinats en moins de quarante-huit heures, auxquels s'ajoutent les sept cadavres qui croupissent déjà chez Tolston, tout le service est en ébullition. En plus, avec les médias, la panique ne va pas tarder à s'installer… Dorénavant, nous avons un sacré problème sur les bras : un tueur en série se balade quelque part sur la lande, et nous, nous n'avons toujours pas la moindre idée de son identité !

— Mais si ! réagit son jeune collègue.
— Quoi ? sursauta Carraway.
— Mais si ! s'obstina le barbu. C'est sa fille Emma ! J'en suis sûr !
— Quoi ? Mais qu'est-ce que tu racontes ?
— Rappelle-toi hier : elle est partie comme une furie quand nous avons arrêté son père. Moi, je te dis qu'elle est allée chercher une nouvelle victime sur la lande et qu'elle a tué ce pauvre Robert pour faire croire à l'innocence de son père !
— Mais tu délires ! Ce n'est qu'une gamine ! Et puis tu n'as aucune preuve de ce que tu avances, lui opposa Carraway.
— Avoue que la simultanéité des deux meurtres est troublante, insista Sweeney. Et que peu de gens – c'est-à-dire elle et sa mère – connaissaient les raisons pour lesquelles nous arrêtions Richard Smith… Je te dis que je ne la « sens » pas ! persista le jeune inspecteur.
— Admettons… fit entendre son collègue. Mais que veux-tu que je fasse de tes intuitions ?
— Mais arrêter Emma Smith, bien sûr ! riposta instantanément Sweeney. Ça fera sûrement craquer son père et, au minimum, ça permettra d'arrêter le massacre… Ça urge, non ?
— Tu dis n'importe quoi ! protesta Carraway. Je ne connais pas un seul juge qui se laissera convaincre par tes « arguments ». Surtout pour une mineure. Ce n'est pas si simple, tu le sais bien.
— Il n'empêche que la situation est exceptionnelle et qu'elle exige une décision exceptionnelle !
— Peut-être, mais ce n'est pas une raison pour faire n'importe quoi. Il faut que je soumette l'idée

à mon chef – l'affaire a pris beaucoup trop d'importance dorénavant, elle est entre les mains du superintendant –, et il verra ensuite s'il contacte le juge Jacobson pour…

— Parce que tu as mieux comme piste ? lui asséna brutalement l'insupportable Sweeney.

L'inspecteur Carraway se tut, comme s'il réfléchissait. Puis il lâcha finalement :

— Bon, je te tiens au courant… Salut ! lança-t-il, avant de raccrocher.

D'un coup, Sweeney se retrouva confronté à la solitude de sa table.

Mon vieux Berthie… s'apitoya-t-il, et il caressa les oreilles du teckel. *Qu'est-ce que j'ai dit à Carraway ?… Arrêter la petite Emma ? Il a raison : c'est n'importe quoi ! J'ai dit ça comme ça, sans réfléchir, sous le coup de la colère.* Avant de comprendre : *Je sais… Je voulais probablement me venger de m'être trompé au sujet de la culpabilité de son père… Pauvre gamine… Mais bon, John a la tête plus froide que moi. Évidemment, il n'en fera rien, et mènera son enquête comme bon lui semble. En plus, à présent, c'est même son superintendant qui tient les rênes… Pff ! Qu'est-ce que je peux dire comme conn… moi, quand je suis énervé !* se désola-t-il enfin. Mais soudain, une pensée plus dérangeante encore s'imposa de nouveau : *Et maintenant, tante Midge… Comment vais-je lui annoncer ce qui est arrivé à Robert ? Est-ce que je dois lui parler de la façon atroce dont il a été tué, ou dois-je laisser ça à mes collègues ?… Non, si je lui dis que je ne sais pas, elle ne me croira pas, et ce sera pire. Ou alors, rien qu'en voyant ma tête, elle comprendra… Oh, et puis… Et puis… Great Scott !*

J'en ai marre! finit-il par s'énerver. *Pourquoi diable sommes-nous venus nous perdre dans ce coin paumé des Highlands? Décidément, je fais le serment de ne plus jamais y remettre les pieds!*

*

D'un simple signe de tête, Carraway et Sweeney décidèrent d'un commun accord de mettre fin à l'interrogatoire d'Emma Smith.

Les deux policiers remercièrent la jeune fille, toujours en larmes, puis son avocate, et quittèrent la pièce.

Dès leur arrivée dans le couloir, Richard Smith, remonté comme une pendule, leur lança:

— Ça y est? Vous êtes contents? Vous en avez assez?... On peut rentrer maintenant, ou vous voulez arrêter ma femme aussi? Ne vous gênez pas, hein!

Deux agents en tenue s'interposèrent pour empêcher le père de famille de s'en prendre aux inspecteurs.

Manifestement, le père Smith ne craque pas! nota Sweeney.

— On va à mon bureau. C'est à gauche, lui indiqua rapidement Carraway.

Les deux hommes disparurent dans un long couloir. Un peu plus loin, l'occupant des lieux referma la porte dans leur dos.

Puis il proposa à Sweeney:

— J'ai du thé. Ça te dit?

— OK c'est l'heure, accepta le jeune homme, avant de se laisser tomber dans un fauteuil.

Carraway déclencha sa bouilloire électrique, plongea deux sachets blancs dans des mugs usagés, et revint s'installer derrière sa table.

— On est mal… soupira l'inspecteur de Glasgow. Toi comme moi, ajouta-t-il, sans pour autant blâmer son collègue, pourtant à l'origine de l'arrestation de la jeune Emma.

— Tu y croyais bien toi aussi, non ? lui retourna Sweeney.

— Forcément un peu, reconnut Carraway… Je trouvais plausible que Smith soit dans le coup : sa proximité avec Donovan McLeod – proximité qu'il a finie par reconnaître –, les menaces envers McKenzie, les traces de sabots près des cadavres, et les empreintes que le berger prétendait avoir découvertes près de Shiel Bridge… Tout cela collait. Même la possible intervention d'Emma pour innocenter son père.

— Ceci dit, lui fit remarquer son collègue, le scénario tient toujours. Ce n'est pas parce qu'ils n'ont rien lâché que nous avons tort.

Carraway, encore sur les nerfs, préféra changer de sujet :

— Et ta tante, ça va ? Je n'ai même pas eu le temps de prendre de ses nouvelles. À ton arrivée, nous sommes tout de suite partis interroger la gamine.

Au même instant, la bouilloire se mit à siffler, obligeant Carraway à se lever et épargnant ainsi à Sweeney une réponse immédiate. L'inspecteur emplit les deux mugs, lesta les sachets du poids des cuillères, et vint déposer le tout sur son bureau.

Son collègue d'Édimbourg tritura tout d'abord son sachet d'Earl Grey, puis finit par déclarer :

— J'aimerais mieux ne pas en parler. Sa réaction n'a pas été bonne… Je n'ai accepté de te rejoindre que lorsque j'ai été sûr que les gérants de l'hôtel, Mandy et Jack, restaient auprès d'elle et qu'ils parviendraient à trouver les mots pour la calmer… Ils sont vraiment très bien, tous les deux. Mais…

— Je comprends, le coupa Carraway… Pour en revenir à l'interrogatoire de la gamine, tu penses que l'on s'est trompés ?

— Mais comment veux-tu que je le sache ? répliqua sèchement Sweeney. Elle n'a pas cessé de pleurer ! En plus, dès que nous voulions poser une question concernant son père, cette fichue avocate en profitait pour réclamer un nouveau mouchoir. Une maligne celle-là, vous pouvez vous la garder à Glasgow !… Finalement, au lieu de nous répondre, la petite Emma a passé son temps à se moucher !

— Tu es un peu dur, mais il y a du vrai, acquiesça Carraway… Bon, reconnais aussi qu'elle n'avait manifestement pas grand-chose à nous apprendre. Elle était même stupéfaite de se retrouver dans une salle d'interrogatoire.

— Ah ça, elle rigolait moins que l'autre matin avec sa copine… se remémora Sweeney, rancunier.

Puis les deux policiers avalèrent une première gorgée de thé.

— Au fait, j'ai oublié de te dire : Tolston m'avait appelé depuis la scène de crime, sur la lande de Glen Shiel, pendant que tu étais sur la route. En examinant le corps de votre ami, il m'a confirmé que son décès devait remonter aux alentours de vingt heures. En outre, la décapitation a été totale, avec un mode opératoire semblable à celui des autres victimes.

— Des traces de sabots ?

— Non… Enfin, le sol était rocailleux à cet endroit. Impossible à déterminer.

— Mmm… soupira son collègue. Sinon, pour l'arme, vous n'avez toujours rien ?

— Non plus. Quand tu es arrivé, Phil, un collègue du service, m'avait téléphoné depuis le centre équestre. Les fouilles au domicile des Smith, ou dans les bâtiments du club, ne leur ont pas permis de trouver l'arme que nous recherchons. Il y avait bien des fourches, des masses, ou d'autres objets contondants, et même une vieille serpe – sur laquelle ne figurait aucun résidu sanguin –, mais rien qui permette de décapiter une personne aussi nettement que ce que nous a décrit le légiste.

— Pff ! souffla Sweeney. C'est vrai que, lorsqu'Emma s'est enfuie du centre, elle n'avait rien sur elle qui corresponde à l'arme décrite par Tolston.

— Je n'ai rien vu non plus… confirma son collègue.

Les deux hommes continuèrent de boire leur thé en silence.

— Alors, qu'est-ce qu'on fait maintenant ? demanda Sweeney.

— Le superintendant ne va pas tarder, lui répondit Carraway. Je suis même surpris qu'il ne m'ait toujours pas appelé pour réclamer le compte rendu de l'interrogatoire… Il doit penser que nous sommes toujours en salle.

— Non, le détrompa son jeune collègue, je parlais des Smith. Vous allez les libérer ?

John Carraway prit le temps de vider son mug, avant de renseigner Sweeney :

— J'en avais parlé avec mon chef, après qu'il avait eu le juge au téléphone. Tous les deux étaient tombés d'accord : même si l'interrogatoire de la petite ne donnait rien, et qu'elle et son père restaient sur leurs positions, Jacobson souhaitait les entendre dans son bureau… Nous avions prévu qu'à l'issue de l'interrogatoire, le superintendant recevrait le père et la fille pour leur faire son bla-bla officiel. Puis, au prétexte de clarifier la position de la justice vis-à-vis d'eux, qu'il les ferait conduire chez le juge en ville… Jacobson est un jeune magistrat, expliqua-t-il encore. Il a sa carrière devant lui. Mine de rien, comme mon chef, il sait qu'il joue gros sur cette affaire : neuf crimes probablement commis par un même auteur, il est évident que s'il parvient à faire coffrer l'assassin, le juge s'ouvre une voie royale pour une promotion à Londres !

— Je vois, je vois même très bien… ironisa son jeune collègue, totalement imperméable à ce genre de considérations.

— D'ailleurs, sourit Carraway, en mal de confidences, il paraît que dès qu'il a su que l'idée de la piste Smith venait du « célèbre » inspecteur Sweeney, il n'a pas hésité une seconde, et a aussitôt demandé au superintendant de placer Emma en garde à vue. C'est même lui qui a insisté pour que tu m'assistes pendant l'interrogatoire.

— Quoi ? sursauta Sweeney. C'est pour ça que vous l'avez fait ? C'est pour ça que tu m'as fait venir ? blêmit-il. Je pensais que vous étiez plus raisonnables que moi ! Vous m'avez suivi aveuglément. Un juge carriériste… se désola l'inspecteur, le regard dans le vide. Vous avez cru, parce que je m'appelais Sweeney et que j'avais découvert les autres victimes, que j'allais vous livrer le coupable sur un plateau… Quelle folie !

Et le jeune homme se prit le visage entre les mains, manquant, avec son sand wedge, de renverser sa tasse de thé.

Carraway se sentit affreusement navré.

— Euh… Sweeney… essaya-t-il de se rattraper. Dis, ne t'inquiète pas… Avec mon chef, on avait également prévu d'aller interroger Donovan McLeod.

En entendant ce nom, son jeune collègue redressa la tête.

— Voilà, expliqua Carraway : le promoteur habite la banlieue chic de Glasgow. On s'est renseignés, et sa secrétaire nous a dit qu'il rentrait demain mardi d'un voyage d'une semaine en Afrique du Sud. Il est parti, paraît-il, acheter des animaux pour son parc dans les Highlands… Notre idée serait de l'intercepter dès son arrivée à l'aéroport et de profiter de l'effet de surprise. En effet, il est possible qu'il ignore tout de ce qu'il s'est passé sur la lande pendant son absence… Qu'en penses-tu ?

Sweeney ne répondit pas, mais il songea : *Je ne sais pas si Donovan McLeod a l'intention d'ouvrir un « Jurassic Park » écossais, mais avec les traces que cette affaire ne manquera pas de laisser dans la région, je crois qu'il ferait mieux de changer d'idée et d'inaugurer un… « Whitechapel »*[30] *des Highlands !* ironisa-t-il. *Parce qu'avec ce « Jack le Coupeur de têtes » qui se promène sur la lande, dorénavant, même pour le loch Ness, la concurrence risque d'être rude !*

*

30. Allusion au quartier de Londres où Jack l'Éventreur commit ses crimes.

Mercredi 14 juin.

Après déjeuner, tante Midge et Sweeney prenaient un dernier café, sans se parler, et il était déjà tard. Tout cela ne leur ressemblait pas. Depuis le malaise que sa tante avait ressenti deux jours plus tôt à l'annonce de la mort de Robert, la vieille dame avait retrouvé sa dignité habituelle. Mais elle restait d'humeur morose et, le plus souvent, totalement muette. Cet après-midi encore, son regard demeurait fixé sur la chaise à la droite de son neveu, et ce dernier savait trop bien à quoi, ou plus précisément à qui, tante Midge pensait.

Même si ma tante connaissait encore très peu Robert, elle s'était attachée à lui, comprit-il. *J'imagine que tous les deux pensaient faire un bout de chemin ensemble. Le dernier peut-être ?... Ils s'étaient trouvés – un coup de foudre inattendu ! – et le sort qui les a séparés est bien cruel.*

Tante Midge reposa sa tasse et rompit le silence :

— J'irai à son enterrement, déclara-t-elle... J'ai réussi à joindre l'un de ses cousins. C'est lui qui s'occupe de tout. Robert était un homme seul... Dès que la date sera fixée, il a promis de m'appeler.

— Très bien. Je t'accompagnerai si tu veux, lui proposa son neveu.

Puis, pour dévier la conversation, le jeune homme enchaîna :

— J'ai chargé nos valises. Tu n'as rien oublié ?

— Non. J'ai réglé ma chambre auprès de Mandy et je lui ai déjà restitué ma clé... Mais toi, lui demanda-t-elle, est-ce que tu as vraiment fini de travailler avec ton collègue Carraway ?

— Oui. Je l'ai appelé une dernière fois hier soir, pour savoir ce qu'avait donné son entretien avec Donovan McLeod, mais c'est tout.

— Oui, et alors ? s'intéressa tante Midge.

— John m'a dit qu'il avait perdu son temps. Comme prévu, il est parvenu à intercepter McLeod dans le hall des arrivées, à Prestwick, mais l'homme d'affaires est littéralement tombé des nues. Il a même paru choqué par ce qu'il était arrivé à Fergusson, aux autres victimes, et même à son vieil ennemi Pat McKenzie. Il lui aurait également confié que toute cette médiatisation ne l'arrangeait pas... Bref, Carraway m'a expliqué que son chef lui avait ordonné d'abandonner cette piste.

— Et les Smith ? insista la vieille dame.

— Le père et la fille ont été incarcérés lundi soir, sur décision du juge Jacobson. Je ne te l'avais pas dit ?... Mais si tu veux mon avis, ajouta-t-il, plus j'y pense et moins je crois en leur culpabilité. Je me suis emballé, et tout ce que j'ai réussi à faire, c'est à mettre dans l'embarras ces pauvres gens, dont une gamine de seize ans !... Je ne suis pas très fier de moi, lui confessa le jeune inspecteur.

— Tu as fait ce que tu croyais juste, le rassura sa tante. D'ailleurs, depuis qu'ils sont en prison, il n'y a pas eu de nouvelle victime, lui fit-elle remarquer.

— Encore heureux ! réagit Sweeney. Les meurtres atroces de Robert et du berger sont déjà de trop... Non, le périmètre autour du Kintail a été interdit aux promeneurs. Et même s'il est impossible de tout contrôler, j'espère que les gens auront la sagesse de ne plus s'aventurer sur la lande, tout du moins tant que l'auteur des faits n'aura pas été appréhendé.

— Mais peut-être qu'avec les Smith, vous avez vu juste ? proposa tante Midge.

— Peut-être... Dorénavant, c'est à Carraway de démêler les fils de cette triste affaire... Bon ! tenta Sweeney pour clore cette parenthèse. Dans combien de temps seras-tu prête à partir, tante ?

— Dix minutes Archie, pas plus. Le temps de finir mon café, de passer aux toilettes, et je te rejoins à la voiture.

— Très bien. Je vais déjà faire monter Berthie, avant de...

À cet instant, la sonnerie de son portable retentit au fond de sa poche.

— Ah, mince ! râla-t-il. C'est toujours comme ça... Je reviens, lança-t-il à sa tante, tout en s'éloignant, teckel et sand wedge coincés sous un même bras.

— Allô... Docteur ? Qu'est-ce qu'il se passe ? s'inquiéta l'inspecteur, tout en sortant de l'hôtel. J'étais sur le point de partir, lui apprit-il, tout en déposant son chien sur le parking. Si c'est pour me parler de l'affaire en cours, appelez plutôt John. Moi, je... Quoi ?

Sweeney s'immobilisa d'un coup.

— Où êtes-vous ?... Non, Carraway ne m'a pas téléphoné.

— Je pensais qu'il l'aurait fait, regretta Tolston... Oui, c'est encore un randonneur, l'informa le légiste.

— Mais je croyais que la zone était interdite ?

— Dès hier, on a fait installer des pancartes sur les chemins, mais ça n'empêchera jamais les curieux de venir respirer l'odeur du sang. Dans son cas, il a été servi.

— Qu'est-ce qu'il lui est arrivé ? On l'a décapité, lui aussi ?

— Affirmatif. À l'est de Dornie, sur un chemin qui mène au loch Duich… C'est tout frais, précisa encore Tolston. Le gars a dû être assassiné au petit matin, il y a moins de six heures.

— C'est fou !… lâcha Sweeney, atterré.

— Vous êtes sûr que Carraway ne vous a pas appelé ? douta encore le légiste.

— Mais non, Docteur. J'avais dit à John que je partais ce matin. Nous avons traîné… Et puis, envisagea-t-il, peut-être aussi qu'il était content d'être débarrassé de moi.

— Dommage… On réfléchit souvent mieux à deux, déclara le médecin.

Puis, comme si Sweeney était en charge de l'affaire, Tolston s'obstina à lui faire part de ses observations :

— Alors, commença-t-il, il s'agit d'une nouvelle décapitation totale, opérée à l'aide d'une lame. Le coup a été porté en surgissant dans le dos de la victime, ce qui diffère des agressions précédentes. L'assassin guettait probablement le randonneur et l'aura frappé par-derrière. D'ailleurs, le coup a été si violent que le haut du sac a également été découpé… Par ailleurs, comme le sol est fait de pierres et de roches, impossible de déterminer si un cavalier était présent sur la scène de crime. Pas de crottin non plus. Enfin, pas d'arme et aucun témoin, comme les autres fois.

— Pourtant, la différence est intéressante… releva l'inspecteur.

— Pour l'absence de cheval ? demanda Tolston. Mais nous…

Tout à son idée, Sweeney l'interrompit :

— Vous avez remarqué, Docteur ? Depuis que McKenzie n'est plus là, les victimes ne sont plus récupérées… Cela semble confirmer votre hypothèse : le berger récoltait les cadavres pour éviter que l'affaire ne s'ébruite et, probablement, s'en servir à terme contre les McLeod. Un jeu dangereux qui aura fini par se retourner contre lui.

— Toutefois, une chose est claire à présent, intervint Tolston : le meurtrier court toujours, et nous n'avons plus d'autre choix que de remettre les Smith en liberté.

— Pourtant, j'y croyais… continua de regretter l'enquêteur.

— Moi aussi, vous le savez bien. Mais vous vous êtes trompé, ça arrive à tout le monde… Non, c'est Carraway qui avait raison, conclut le légiste : votre argumentation ne tenait pas.

— Ah, mais elle était même inexistante ! l'approuva Sweeney. Je le reconnais volontiers… En fait d'intuition, je me suis laissé aveugler par un absurde désir de vengeance. Après la mort de Robert, j'étais trop affecté. J'avais perdu toute objectivité… Vous avez raison, il faut libérer Richard Smith et sa fille.

— Carraway m'a dit qu'il l'avait déjà fait ce matin.

— Tant mieux… apprécia Sweeney.

Puis il réfléchit encore :

— N'empêche que le tueur prend des risques insensés. Il nous nargue, et multiplie les agressions dans un laps de temps beaucoup trop bref. Il court à sa perte… Mais, enchaîna-t-il, notre problème n'est pas de savoir « qui » est le meurtrier, mais plutôt de réussir à comprendre « pourquoi » il agit. En effet, tant que nous n'aurons pas la moindre idée du mobile de tous ces crimes, nous ne parviendrons pas à les empêcher.

— Il nous faudrait un *profiler*, suggéra Tolston. Mais je ne pense pas que nous ayons ça sur Glasgow. Et vous, à Édimbourg ?

— Non plus, sourit Sweeney, ce n'est pas dans nos moyens évidemment…

Avant de brusquement s'énerver :

— Parce que pour l'instant, nous avons tout faux ! Qu'il s'agisse de Fergusson, de McKenzie ou bien de Donovan McLeod, personne n'a tué pour s'approprier les terres du Kintail, c'est certain. Enfin, ce ne sont pas les Smith non plus, et ça ne m'étonne pas : quel mobile avaient-ils ? Je n'en ai jamais eu la moindre idée !

— Votre tueur n'est quand même pas un fantôme ? déclara le légiste.

C'est pourtant ce que semblait croire Robert, se remémora l'inspecteur.

— Non, c'est vrai Docteur. Mais mes intuitions étaient totalement erronées… Il faut que Carraway reprenne tout à zéro. Moi, j'abandonne.

— Vous êtes sûr ? le tenta une dernière fois Tolston.

— Définitivement ! affirma Sweeney. J'ai fait perdre trop de temps à cette enquête – dont je n'aurais jamais dû me mêler d'ailleurs – et surtout, mon intervention a sans doute provoqué la mort de trois autres personnes, dont celle de Robert… Je ne sais pas si tante Midge me le pardonnera un jour, déclara-t-il, au bord des larmes. Elle ne me l'a pas dit, toutefois je…

Mais, sentant qu'il n'était pas encore prêt à affronter cette dure réalité, le jeune homme décida d'abréger la conversation :

— Bien, Docteur. Je vous remercie de m'avoir tenu au courant… Bon courage pour la suite. Et bonne chance à Carraway.

Puis, sans attendre la réponse du légiste, Sweeney referma le clapet de son appareil.

Mieux vaut ne rien dire à tante Midge, décida-t-il aussitôt. *Elle est encore beaucoup trop affectée par la mort de Robert.*

— Berthie ! appela-t-il son chien. Où es-tu ?… Allons, viens… Monte dans la voiture. Nous partons cette fois !

Cavalcade

— C'est toi qui as commandé ce thé ? demanda Sweeney à sa tante, alors qu'il revenait du parking. Tu sais bien que nous dev…

— Non, le coupa-t-elle, c'est Mister Greene qui nous l'a gentiment servi… Il voulait nous remercier pour notre aide, et nous saluer.

— Ah ? Bien… ronchonna son neveu.

— Allons, viens t'asseoir, l'invita-t-elle.

— Darjeeling ? constata l'inspecteur.

— Oui… Fais attention, il est brûlant.

Après quelques gorgées silencieuses, tante Midge déclara :

— L'après-midi est déjà bien avancé. Nous arriverons tard sur Aberdeen… Est-ce que tu veux rester à la maison pour dîner ?

— Non merci, lui répondit Sweeney. Après t'avoir déposée, il faut encore que je rentre à Édimbourg. Je te rappelle que je reprends le travail demain.

— C'est vrai, tu as raison, concéda la vieille dame. C'est plus prudent… Et Berthie ? Est-ce que tu l'as laissé dans la voiture ?

— Oui. Cette vieille saucisse doit déjà dormir sur son plaid, plaisanta son neveu.

Puis ce dernier se décida à boire son thé, laissant traîner son regard à travers cette salle où, quelques jours auparavant, sa tante avait fait la connaissance du malheureux Robert Butler.

— Tu as gardé ta valise ? remarqua-t-il soudain, en observant, glissée derrière sa chaise, la vieille sacoche à carreaux dont tante Midge ne se séparait jamais.

— Oui. J'en avais besoin, se borna-t-elle à répondre. Et ta tête ? lui renvoya-t-elle. Est-ce que tu te sens mieux ?

— Oui oui… J'ai enfin réussi à dormir la nuit dernière. La douleur est passée, et les points de suture tomberont d'eux-mêmes, m'a expliqué le médecin.

— Tu as pourtant l'air triste, releva-t-elle encore. C'est parce que tu pars sans avoir pu identifier le coupable ?

— Euh… Oui sûrement, mentit Sweeney, en se remémorant le dernier coup de fil accablant de Tolston.

Bizarre, pensa-t-il. *Alors que tante pleure Robert, c'est elle pourtant qui essaie de me réconforter. Toutefois, je crains toujours qu'elle ne finisse par me reprocher la mort de son ami… J'espère que cela n'arrivera pas, car je me sens déjà bien assez coupable comme ça.*

— En fait, préféra-t-il enchaîner, je suis désolé de m'être trompé à ce point… Je me suis laissé impressionner par cette histoire de cavalier fantôme et j'ai même fini par croire aux boniments de McKenzie.

Si les circonstances n'étaient pas si tragiques, j'irais jusqu'à dire que le berger n'avait plus « toute sa tête » ! songea Sweeney. *Mais je crois que je ferais mieux de garder cette plaisanterie stupide pour moi*, réalisa-t-il.

— Non, reprit l'inspecteur, même ce bruit de cheval que je pensais avoir entendu près de la grotte, j'ai dorénavant la conviction d'avoir tout inventé. C'était plus sûrement mon cœur qui battait la chamade… En vérité, il n'y a jamais eu le moindre cavalier sur la lande.

— Et les empreintes relevées près du corps de McKenzie ? objecta tante Midge.

— Le hasard, tout simplement, lui rétorqua son neveu. Ensuite, mon imagination aura fait le reste.

— Mmm… fit entendre la vieille dame, dubitative.

— Je me suis trompé. Il fallait bien que cela m'arrive un jour… conclut Sweeney. Je me suis emballé, j'ai voulu croire à mes prétendues « déductions », alors qu'en réalité, je n'avais rien compris du tout ! Je suis navré… s'avoua-t-il en baissant les yeux.

— Allons, ne t'en fais pas… le réconforta tante Midge, et elle lui prit la main. Finis ton thé, il faut partir. La reprise du travail, demain, t'aidera à chasser ces idées noires.

À cet instant, Sweeney comprit que sa tante, pour aller mieux, avait elle-même besoin de l'aider. Il songea : *C'est le moment ou jamais de lui parler d'Ilona.*

— Tante, je peux te dire quelque chose d'important ? demanda-t-il.

En observant le visage inhabituellement grave du jeune homme, la vieille dame s'empressa d'accepter :

— Euh… Oui, bien sûr.

En quelques phrases, son neveu lui raconta son improbable rencontre, dans un pub d'Édimbourg où lui et McTirney s'étaient attardés, avec Ilona, une jeune étudiante originaire de Belfast, aux longs cheveux de jais et au teint d'albâtre. En compagnie d'une amie, la jeune Irlandaise n'avait pas hésité à s'inviter à leur table, une pinte de bière à la main, pour, d'un air moqueur, reprocher aux deux hommes leur mine d'enterrement alors que la musique était si bonne et la soirée si gaie !

Comment aurait-elle pu s'imaginer que les deux policiers sortaient à peine d'une salle d'autopsie ?

Le sourire d'Ilona – *Ilona ? Quel drôle de prénom…* avait alors songé Sweeney – l'avait aussitôt bouleversé. Le quatuor avait continué de plaisanter, sûrement aussi avaient-ils un peu trop bu. Mais, en sortant, les deux jeunes gens avaient décidé d'échanger leur numéro. Bien sûr, Sweeney n'y croyait pas trop… L'appel d'Ilona, le surlendemain, l'avait tétanisé !

Au bout d'un mois, Sweeney ne savait plus lequel des deux avait proposé à l'autre d'essayer de vivre ensemble. Ilona avait fini par emménager à l'angle de George Street, débarquant un soir avec ses bouquins et quelques sacs de vêtements. L'expérience n'avait pas duré plus de deux semaines… Ce dont l'inspecteur se souvenait en revanche très bien, c'était qu'un dimanche, Ilona avait finalement décidé de le quitter.

— Elle est retournée à Belfast, chez ses parents, expliqua-t-il.

— Vous vous étiez disputés ? demanda tante Midge.

— Non, même pas... soupira son neveu.

Le sourire rayonnant d'amour que lui renvoya sa tante lui réchauffa le cœur. *Maintenant, je sais que tu ne m'en veux pas pour Robert. Je me suis culpabilisé tout seul*, comprit-il, et Sweeney lui retourna le plus beau sourire dont sa barbe rousse était capable.

— On reparlera de tout ça sur la route, conclut la vieille dame. Tu as fini ? Il faut que nous... Oh, ma veste ! s'exclama-t-elle. Il doit faire frais à présent. Je ferais mieux de la mettre pour aller jusqu'à la voiture. Elle est restée dans ma valise. Tu peux m'aider à l'ouvrir ? Elle est...

— Oui je sais, sourit Sweeney. La serrure est impossible. Attends, j'arrive.

L'inspecteur vida sa tasse, puis rejoignit sa tante près de la chaise. Le jeune homme s'agenouilla et appuya la valise contre son torse.

— Bon. Tu vas pousser de toutes tes forces au niveau de la serrure, pendant que moi je tirerai vers le bas. Cela devrait suffire pour dégager le verrou. Tu es prête ?... Mais promets-moi d'en acheter une neuve, d'accord ? sourit-il.

— Je suis prête ! préféra répliquer sa tante.

La vieille dame, d'un genou bien placé, se mit à presser contre le sommet de la valise, tandis que Sweeney s'efforçait de soulager le cran verrouillé. D'un seul coup, l'ouverture céda :

— Ah, voilà ! Merci, ça y est ! se réjouit tante Midge.

Alors que la vieille dame s'emparait d'un trench-coat à l'âge inavouable, mais à l'état impeccable, elle remarqua soudain l'air hébété de son neveu :

— Qu'est-ce qu'il y a ? Tu t'es fait mal ?

Le jeune homme continuait de fixer la salle devant lui, le regard dans le vide.

— Archie, eh bien ? Réponds-moi…

Brusquement, les yeux toujours braqués vers le fond de la pièce, Sweeney se redressa d'un bond :

— *Great Scott !* Quel idiot je fais ! Moi aussi, ça y est ! Je sais tout, j'ai compris !

— Quoi ? sursauta tante Midge, effrayée.

— Merci, tante. On reste ! s'exclama-t-il.

— Quoi ? répéta-t-elle.

Le jeune homme fouilla dans sa poche, pour en extirper son portable, puis s'empressa de composer un numéro.

— Mais qu'est-ce que tu fais ? s'inquiéta la vieille dame.

Sans lui répondre, l'inspecteur se retourna et commença une conversation :

— Carraway ?… Oui, c'est moi, c'est Sweeney. Où es-tu ?… Oui, c'est important : je sais tout !

— Comment ? s'étonna son collègue, depuis son bureau de Glasgow.

— Je te dis que j'ai tout compris. Pour la première fois, tout colle parfaitement. Je sais enfin qui a tué ces malheureux sur la lande !

— Mais qu'est-ce que tu racontes ? se désespéra Carraway. Tu es au courant, au moins, pour le dern…

— Oui, le coupa-t-il aussitôt. Tolston vient de me téléphoner.

— Mais d'où est-ce que tu m'appelles ? Tu es dans un pub, tu as bu ?

— Mais non ! protesta Sweeney. Je suis à l'hôtel.

— Encore ? Tu ne devais pas rentrer ?
— Si. J'étais sur le point de partir, mais les pièces du puzzle viennent tout juste de s'assembler.
— Mais de quoi est-ce que tu parles à la fin ? s'énerva l'inspecteur Carraway.
Oubliant totalement la présence de sa tante à ses côtés, Sweeney tenta d'expliquer à son collègue les déductions fracassantes auxquelles il venait d'aboutir.
— C'est n'importe quoi... jugea finalement Carraway, d'une voix blanche. Et comment dis-tu que tu as deviné tout ça, déjà ?
— En ouvrant la valise de ma tante ! claironna fièrement son collègue. Comme ça, clac ! D'un coup, tout s'est éclairci.
— Euh... fit entendre son interlocuteur. Tu es sûr que ce n'est pas le coup que tu as reçu sur la tête ?
— Ah, ça va ! pesta Sweeney... Avoue-le : cette fois, tout colle. Non ?
— Hem... Oui, si on veut.
— Tu sais que j'ai raison, lui asséna le barbu.
Avant d'enchaîner aussitôt :
— Dans combien de temps pouvez-vous être sur place ?
— Hein ? Mais je...
— Oui, je sais ! s'agaça l'insupportable rouquin. Il faut que tu demandes à ton chef. Mais dépêche-toi, c'est peut-être une question d'heures, voire de minutes. Hors de question qu'il y ait une nouvelle victime ! le menaça-t-il.
— Mais même si le superintendant accepte de m'écouter, objecta Carraway, il faudra encore faire la route depuis Glasgow. Même avec les sirènes, on en a bien pour... oh, allez... oui, près d'une heure.

— C'est trop, protesta Sweeney. Dépêchez-vous de partir. Moi, j'y vais.

— Quoi ?! hurla son collègue. Ne fais pas ça ! Tu n'as pas le droit. Il ne faut pas que tu…

— Je vous attendrai sur place, abrégea-t-il. Mais je pars quand même, insista l'inspecteur. À tout à l'heure !

Et il éteignit son portable.

— Ar… Archie… balbutia sa tante. Qu'est-ce que tu vas faire ?

— Ne t'inquiète pas. J'attendrai l'arrivée de Carraway pour intervenir. Mais il faut tout de même que j'y aille. C'est important, je le sens !

Le jeune homme ramassa son sand wedge, tourna les talons, puis partit en courant vers la voiture.

— Archie ! s'écria tante Midge.

Mais Sweeney s'était déjà engouffré dans son véhicule.

*

Sweeney stoppa sur les hauteurs de Shiel Bridge, abandonnant son Escort, ainsi que Berthie assoupi, sur le bord d'un chemin. Juché sur un promontoire, jumelles sur le nez, il observait les sorties du village, notamment la piste qui débouchait du club d'équitation.

J'espère que les collègues ne vont pas tarder, s'inquiéta l'inspecteur en reposant ses jumelles. *Pour l'instant, rien ne bouge, mais qui sait combien de temps cela va durer ?* Machinalement, Sweeney consulta sa montre : *Bientôt dix-huit heures. Je suis arrivé depuis moins d'un quart d'heure… Pourvu que Carraway m'ait cru. J'aurais dû le rappeler pour confirmer. Sinon, je risque d'attendre longtemps les renforts de la cavalerie... Toutefois, s'ils ne sont pas en retard*, espéra-t-il, *ils pourraient être là avant dix-neuf heures. Cela nous laisserait le temps de mettre en place un dispositif avant la nuit. Et surtout, de discuter de la suite à donner aux événements. Qui sait, le flag' est peut-être encore possible? Ce n'est jamais simple à réaliser, mais si je ne me suis pas trompé, c'est bien de l'Éperon du Kintail que devrait...*

Au même instant, le bruit d'une cavalcade se fit entendre dans les allées du club. Sans même penser à utiliser ses jumelles, Sweeney se tourna vers les bâtiments et reconnut Elaine Smith, lancée à toute allure sur le chemin herbeux qui quittait l'Éperon.

Ça bouge! réagit l'inspecteur. Avant d'avoir réfléchi, le jeune homme s'était déjà emparé de son sand wedge et dévalait la colline. Puis il se précipita à son tour sur la piste, courant au-devant de la cavalière au galop. Pour tenter d'effrayer l'animal et le forcer à s'arrêter, Sweeney se mit à faire de grands moulinets avec sa canne, criant des « Ooh! » tout en avançant vers lui. Surprise par l'irruption de cet énergumène, Elaine Smith ne chercha même pas à quitter la piste. Elle préféra ralentir, puis poursuivit d'un pas lent en direction du policier. Ce dernier n'en demandait pas tant. Il continua de courir, se dépêcha de couvrir les quelques mètres qui le séparaient encore de la cavalière, puis s'empara rageusement de la bride de son alezan.

— Où allez-vous? s'écria-t-il.

— Doucement! protesta Elaine. Qu'est-ce que vous me voulez? Lâchez mon cheval! exigea-t-elle.

Paradoxalement, en dépit de sa propre agitation et de la colère de la cavalière, Sweeney ne put s'empêcher de trouver un charme fou à la belle amazone.

Cependant, il enchaîna :

— Dites-moi où vous allez ! Mes collègues arrivent, la prévint-il. Vous n'irez pas plus loin !

Le cheval d'Elaine, les yeux de plus en plus agités, et rendu inquiet par les vociférations de l'homme à la canne, se mit à tourner nerveusement autour du policier.

— Lâchez-moi ! répéta-t-elle. Vous allez me faire tomber !

— Dites-moi d'abord où vous allez ! insista Sweeney.

— Je partais chercher Emma et Maureen, accepta-t-elle de lui répondre. Elles sont sorties avec Black Witch.

— Je ne vous crois pas ! riposta son tourmenteur. Où alliez-vous ? Vous partiez à la recherche d'une nouvelle victime, c'est ça ?

Elaine Smith le dévisagea sans comprendre.

— D'ailleurs où est votre sabre ? insista l'inspecteur. Et votre complice ? Parce que vous êtes deux, n'est-ce pas ? C'est bien ça ?

La jeune femme préféra commencer par calmer sa monture. Puis, une fois l'alezan rassuré, elle prit enfin le temps de lancer un regard implorant au policier.

— Qui est votre complice ? répéta Sweeney. Votre mari ou bien votre fille ?

Elaine Smith reposa les mains sur le pommeau de la selle, comme si elle acceptait que le jeune homme retînt son cheval. Avant de déclarer, la tête basse :

— Vous n'y êtes pas… Emma m'a laissé une longue lettre dans sa chambre. Je viens de la trouver… Je ne sais pas ce qu'il faut en penser, mais elle m'a écrit que ce sont elles, les deux filles, qui ont tué tous ces pauvres gens… Emma raconte tout en détail, et ça semble vrai.

Sweeney inclina la tête à son tour, comme s'il prenait le temps de la réflexion : *Emma et Maureen ?… Oui, c'est plausible. Ce n'était pas mon duo favori, mais je dois avouer que cela colle tout de même avec le scénario que j'ai échafaudé… À présent,* songea-t-il, *reste à comprendre pourquoi les filles ont fait ça !*

Sentant que l'emprise du policier faiblissait, Elaine Smith revint à la charge :

— Laissez-moi partir maintenant ! Il faut que je les rattrape. Emma m'a écrit qu'elles allaient se tuer !

— Quoi ? sursauta Sweeney.

— Oui ! Ma fille m'a dit qu'elles montaient sur les *Five Sisters*. Elles doivent avoir une vingtaine de minutes d'avance, il n'y a pas de temps à perdre. Laissez-moi passer à la fin !

Intuitivement convaincu de la bonne foi de la jeune femme, l'inspecteur, par réflexe, relâcha les rênes de l'alezan. Puis il recula de deux pas.

— Et… Et si on prenait ma voiture ? proposa-t-il à Elaine.

— J'y ai pensé, répliqua-t-elle. Non… Sur la lande, le plus direct et le plus rapide, c'est encore le cheval. C'est pour ça que j'ai sellé King Charlie, mon meilleur galopeur.

L'inspecteur s'effaça.

Mais, au moment de talonner les flancs de l'alezan, la mère d'Emma se ravisa brusquement :

— J'y pense… Je vais peut-être avoir besoin de vous. Les filles sont deux… Montez ! lui ordonna-t-elle.

— Hein ? s'étonna l'inspecteur.

— Oui. Lâchez votre canne et sautez en croupe.

— Mais… C'est… voulut-il protester.

— Dépêchez-vous ! Je connais bien King Charlie, il est assez robuste pour supporter votre poids. On ne sait jamais, nous ne serons peut-être pas trop de deux pour arrêter les filles. Sautez, je vous dis !

Hésitant, et mal à l'aise, Sweeney parut ne pas se résoudre à abandonner son club de golf.

— Allez ! s'impatienta Elaine.

L'inspecteur finit par déposer son sand wedge dans les herbes rases, mémorisant de son mieux les indices qui lui permettraient de retrouver l'endroit, tout en songeant déjà qu'il ferait peut-être nuit à son retour.

Hors de question que je perde ma canne ! se promit-il.

Enfin satisfaite, la mère d'Emma libéra son propre étrier et invita son passager à y poser le pied. Puis elle lui tendit la main pour l'aider à se hisser derrière elle.

— Ça va aller ? lui demanda-t-elle. Accrochez-vous à ma taille et ramenez les jambes vers l'avant pour ne pas gêner le cheval. On y va !

Elaine fit immédiatement claquer sa langue, pressa ses bottes contre le ventre de l'animal, et King Charlie partit au galop sur la piste.

Mon dieu ! s'inquiéta Sweeney. *Quelle vitesse ! J'ai intérêt à bien me tenir, sinon je vais finir face contre terre !*

— Vous m'étouffez avec vos bras ! protesta rapidement Elaine. Détendez-vous, et laissez-moi faire !

Le jeune inspecteur s'efforça de relâcher son étreinte. Il cala finalement sa tête dans le dos de la cavalière et profita ainsi des caresses de ses longs cheveux, balayés par le vent le long de sa propre joue.

Comment tout ça va-t-il se terminer ? frémit l'inspecteur. *En tout cas,* sourit-il, *pas sûr que la cavalcade du dragon anglais, un soir de juin 1719, ait été aussi agréable que la mienne...*

*

Elaine Smith ne s'était pas trompée : King Charlie semblait inépuisable. Lancé à toute allure sur les bords du loch Duich, puis à travers la lande, l'alezan n'avait commencé à faiblir qu'en abordant les premières pentes du Kintail.

— Est-ce que vous voulez vraiment grimper ? demanda Sweeney.

— Oui. Dans sa lettre, Emma dit qu'elle et Maureen veulent voir le soleil se coucher sur le *Sgùrr Fhuaran*.

— Le point culminant ? Nous ferions mieux de descendre de cheval. Le pauvre ne va bientôt plus pouvoir nous...

— Non ! répliqua Elaine. Regardez, le soleil commence à décliner, juste au-dessus du loch. Dans moins d'une heure, il sera trop tard. Si nous marchons, jamais nous ne les rattraperons... Allez King Charlie, allez ! encouragea-t-elle l'animal d'un coup de talon.

L'alezan secoua la tête mais, avec abnégation, il poursuivit l'ascension d'une pente toujours plus raide.

Après quelques minutes, Sweeney interpella de nouveau la jeune femme :

— Elaine... On ne les voit toujours pas. Vous croyez vraiment qu'elles sont venues sur la montagne ?

— C'est ce qu'a écrit Emma. Et si ce qu'elle a prévu de faire avec Maureen est également vrai, alors j'ai mieux à faire que de vous écouter !... Avance King Charlie, allez !

L'inspecteur comprit que, face à l'angoisse de cette mère, plus aucun argument n'avait prise.

Rapidement, l'ascension du *Sgùrr Fhuaran* se transforma en un véritable chemin de croix pour le cheval. À chaque virage en épingle, à chaque rétrécissement de la piste, l'animal menaçait de s'affaisser dans la pente et d'emporter avec lui ses deux passagers. Sweeney retenait son souffle, conscient que, dorénavant, Elaine Smith préférait faire mourir l'alezan sous leur poids plutôt que de voir le soleil disparaître derrière le sommet.

Le policier n'en finissait plus de guetter la ligne de crête, tout en observant la montagne virer lentement du vert sombre au violet, puis tendre dangereusement vers le noir. Enfin, dans un ultime effort, le courageux King Charlie parvint à hisser sa lourde carcasse sur la piste qui reliait les sommets des Cinq Sœurs.

— C'est bien, mon joli ! le félicita Elaine. C'est bien. Allez va, nous y sommes presque !

Juché sur la croupe de l'alezan, Sweeney jugea

que le chemin de randonnée – qu'il avait emprunté lui-même quelques jours plus tôt – paraissait d'un coup, du haut de ce promontoire mouvant, beaucoup plus étroit et beaucoup plus périlleux.

— Doucement, Elaine ! lui recommanda-t-il. Si le cheval s'écarte, j'ai peur que nous ne…

— Mais nous y sommes presque ! protesta-t-elle. Ce n'est pas le moment d'avoir peur !

En proie à un brusque vertige, l'inspecteur évita de porter son regard sur les paysages – pourtant majestueux – qui s'offraient à lui de part et d'autre de la crête. Il préféra se concentrer sur les sabots de l'animal dans l'espoir d'anticiper le moindre faux pas.

Tout à coup, Elaine s'écria :

— Là ! Regardez, là-devant ! Elles sont là !

Sweeney redressa la tête et aperçut aussitôt, à moins de cinq cents mètres, la silhouette sombre d'un cheval.

— Où sont les filles ? demanda-t-il.

— C'est Black Witch ! préféra se réjouir la cavalière. Je crois qu'elles marchent devant lui.

Le policier porta la main en visière – alors que le soleil déclinait pourtant dans leur dos –, il plissa les yeux et crut également discerner les deux adolescentes :

— Oui, il me semble qu'elles avancent en le tenant par la bride.

— Emma ! s'exclama la mère. Maureen ! Ohé !

— Doucement Elaine, lui répéta Sweeney. Vous allez faire peur aux deux chevaux, la piste est étroite.

La jeune femme ignora son avertissement et continua de piquer les flancs de King Charlie.

À mesure qu'ils approchaient, l'inspecteur finit par identifier les deux adolescentes marchant devant la jument :

— Vous avez raison, déclara-t-il. Ce sont elles.

Parvenue à moins de cent mètres de sa fille, Elaine s'écria de nouveau :

— Emma ! Attends, c'est moi !

Les deux fugueuses donnèrent enfin l'impression d'avoir entendu. Mais aussitôt, Sweeney vit la première des filles se remettre en selle, immédiatement suivie par sa camarade. Et ce que l'inspecteur crut alors voir briller dans ses mains, lui fit... froid dans le dos : *Une lame ! Great Scott !... Elles ont une épée !*

Pour sa part, Elaine semblait ne pas l'avoir aperçue. Elle continua de hurler :

— Emma ! C'est moi !

— Elaine, arrêtez ! lui intima Sweeney. Regardez, elles ont peur. Elles ne nous attendent pas. Au contraire, elles s'enfuient !

— Emma, ma chérie ! persista Elaine Smith.

— Arrêtez, je vous dis ! Ça va mal finir !

Plutôt que de l'écouter, la jeune femme fit accélérer l'alezan.

Assailli par un noir pressentiment, l'inspecteur retint son souffle. Devant eux, Black Witch avait également pressé le pas. Cette cavalcade, sur le fil du rasoir, devenait terrifiante. À tout instant, l'un des deux chevaux menaçait de faire un plongeon mortel dans le vide.

— Elaine, je vous en conjure. Ralentissez... l'implora-t-il.

Tout à coup, Black Witch parut s'immobiliser.

Aussitôt, la mère d'Emma reprit courage :

— Vous voyez. C'est bon, cette fois. Elles nous attendent.

Effectivement, la jument noire était dorénavant proche, tandis que les filles, grimpées sur son dos, donnaient l'impression de discuter calmement.

— Emma ! Ohé ! répéta Elaine, tout à coup plus joyeuse.

Mais au même instant, sans même se retourner, les deux adolescentes échangèrent un baiser fougueux. Puis, d'un coup, Emma tira violemment sur les rênes de Black Witch, l'entraînant sur la gauche. Surprise, la jument obtempéra et lança ses antérieurs dans la direction commandée. Instantanément, l'animal bascula dans le vide. Son encolure s'affaissa, tandis que les deux jeunes filles, enlacées l'une à l'autre, étaient précipitées dans une chute vertigineuse.

Le temps s'arrêta. Sweeney ferma les yeux.

Le cri d'Elaine Smith déchira le ciel d'Écosse.

Puis, après un laps de temps interminable, son hurlement retomba enfin, noir comme le deuil, sur les têtes des Cinq Sœurs…

No man's « lande »

Jeudi 15 juin, à l'aube.

— Le soleil se lève déjà, nota Carraway. Est-ce que tu as dormi pendant que j'étais parti ?

— Oui un peu, reconnut Sweeney. En tout cas, plus que toi. Tu verrais ta tête… se moqua son collègue, et il avala une gorgée de café.

— Et ta tante ?

— Je crois qu'elle dort encore. Ce nouveau drame l'a totalement retournée… Ce qui a fini par la calmer, ajouta-t-il, c'était de pouvoir se dire que, cette fois au moins, tout était terminé.

— Elle a probablement raison, jugea Carraway, avant de jeter un regard apaisé à travers les fenêtres du Cluanie Inn.

— Merci… lui déclara soudain Sweeney.

— Quoi ?

— Oui. Merci d'être venu à l'hôtel et de nous avoir tenu compagnie, hier soir. Ta présence et tes explications ont rassuré tante Midge.

— Pas de quoi… Non, si je suis resté un peu, plaisanta Carraway, c'est juste que j'avais besoin de prendre ta déposition !

Amusé par cette boutade, son jeune collègue lui retourna un sourire.

Un vrai témoignage d'amitié, et de générosité, songea Sweeney. *Merci John, j'espère que je te revaudrai ça un jour.*

— Et les hôteliers ? fit alors remarquer l'inspecteur Carraway. Qu'est-ce qu'ils attendent, là-bas, derrière leur comptoir ?

— Les Greene ? Oh, lui répondit son collègue, je pense qu'ils sont impatients de savoir ce qu'il s'est vraiment passé, hier soir, sur les *Five Sisters*… Et puis, ajouta-t-il, je crois aussi qu'ils s'en veulent d'avoir déclenché tout ça.

— Avoue que tu n'es pas innocent non plus ! sourit Carraway.

Puis, après avoir bu un peu de café, l'inspecteur de Glasgow enchaîna :

— Sweeney, dis-moi, je n'y comprends rien… Comment as-tu fait pour deviner qu'il y avait forcément « deux » meurtriers ? Je n'ai toujours pas saisi ce…

— Mais je t'ai déjà expliqué ! le coupa son collègue. Rappelle-toi hier, au téléphone… J'étais à la table d'à côté avec ma tante, accepta-t-il de répéter. Elle voulait que je l'aide à ouvrir sa valise… Nous nous sommes installés face-à-face. Tante poussait sur la serrure, tandis que moi j'attendais le bon moment pour agir sur le verrou. Alors là, d'un coup, ça a fait tilt dans ma tête ! En une seconde, tout était parfaitement clair : le témoignage de McKenzie

– ces empreintes qu'il avait relevées un matin dans la neige – devenait décisif. Un cavalier avait bel et bien poursuivi l'une des sept victimes, l'obligeant à s'enfuir vers le vieux pont de Shiel Bridge. C'est là que l'attendaient, tapis dans la nuit, le meurtrier et sa lame… Pour moi, le *modus operandi* était comparable à ce que j'étais en train de faire avec ma tante : un complice « poussait » les proies, jouant les rabatteurs, tandis qu'un meurtrier « attendait » le bon moment pour surgir, et frapper.

— Oui, mais… voulut intervenir Carraway.

Lancé, Sweeney poursuivit :

— Il est probable que ce jour-là, McKenzie a découvert le cadavre d'une femme décapitée sur le pont. Mais, comme pour les six autres victimes, il est arrivé le premier et il l'aura malheureusement fait disparaître dans l'un de ces tonneaux sordides que j'ai découverts dans sa bergerie.

— Oui, parvint à placer son collègue. Et le seul qui aura finalement échappé à sa collection, c'est Fergusson.

— Et pour cause ! rebondit le jeune inspecteur. Prostré au fond de son trou, il y avait peu de chances pour que McKenzie le découvrît un jour… Maintenant, enchaîna-t-il, qu'est-ce que Fergusson faisait là ? S'était-il réfugié dans la grotte en entendant le cheval des filles, tout comme je l'ai fait ce soir-là, ou bien cherchait-il à se protéger du froid pour la nuit ? Toujours est-il que cette décision lui aura été fatale : il est mort gelé dans sa cachette.

— Mmm… commenta sobrement Carraway. Mais… hésita-t-il. Mais… Pour le reste du scénario, quand as-tu deviné ? Un peu plus tard ?

— Non, tout m'est venu d'un coup. Ça marche toujours comme ça.

— Pardon ? s'étonna son collègue.

— Oui oui, je fonctionne comme ça, lui déclara Sweeney. Tout m'apparaît en une seule fois, comme si un film me passait à travers la tête. Et après, je sais que tout colle... Ma tante dit que c'est une forme particulière d'intuition.

— Explique-moi quand même, insista Carraway.

— Tu es sûr ?... Bon, céda-t-il. En réalité, c'est comme si ma réflexion pouvait aller d'un point A à un point D, sans passer par B ni C. Pourquoi et comment, je n'en sais rien. Mais ça marche, et les résultats sont justes. Alors évidemment, pour un esprit cartésien, c'est difficile à accepter... J'imagine, essaya-t-il encore d'expliquer, que cela ressemble aux calculateurs prodiges. Tu sais, ces types auxquels tu poses des multiplications impossibles et qui te donnent la réponse plus vite qu'une machine : le résultat leur apparaît dans la tête, et hop ! il leur suffit de le lire. Tu vois ?... Eh bien moi, ça marche aussi comme ça pour mes enquêtes. C'est drôle... sourit le jeune barbu.

— Hem, oui... parut douter Carraway. Et pour le cas qui nous occupe, quand tu vas « du point A au point D » comme tu dis, qu'est-ce que ça donne ?

— Ah oui, bien sûr... Dès que j'ai compris comment les disparus avaient été assassinés sur la lande, tout le reste a suivi : les victimes étaient toujours décapitées de face, puisque le cavalier les poussait vers son complice, et...

— Ça fait froid dans le dos, l'interrompit son collègue.

— … et McKenzie ayant été tué dans des circonstances comparables, continua le jeune inspecteur, cela confirmait que les mêmes auteurs étaient toujours à l'œuvre. Le berger pouvait donc être disculpé des premiers meurtres… En fait, son rôle se limitait à faire disparaître les corps pour, probablement, faire pression en temps voulu sur ceux sur qui se portaient – à tort – ses soupçons : les McLeod.

— Plausible, l'approuva Carraway.

— En revanche, dans le cas de son propre meurtre, plus personne n'était là pour « collecter » son corps. Ensuite, le même phénomène s'est reproduit pour Robert Butler : sans l'intervention du berger, son cadavre est demeuré sur la lande… Dans son cas, j'imagine qu'Emma, poussée par le désir d'innocenter son père, s'est empressée d'alerter Maureen. Le soir même de l'arrestation de Richard Smith, les deux filles sont reparties sur la lande, à la recherche d'une nouvelle victime… Malheureusement, le sort a voulu qu'elles croisent ce pauvre Robert.

— C'est vraiment moche, déclara Carraway.

— Enfin, conclut Sweeney, tout collait également pour le dernier randonneur assassiné : puisque Emma et son père étaient retenus dans nos locaux, pour la première fois, Maureen se retrouvait seule. Craignant pour son amie, la jeune fille aura imaginé le même scénario que la nuit précédente et tenté de faire croire à l'innocence d'Emma en sacrifiant la vie d'un malheureux… Or, cette fois, plus de cavalier pour lui rabattre son gibier. Maureen a dû procéder différemment. Elle s'est embusquée au détour d'un chemin de randonnée qu'elle savait très fréquenté, jusqu'à ce qu'une victime se présente. Seule, elle a dû s'approcher dans son dos et elle l'a décapitée, pour la première fois, par-derrière… Tu vois, jubila-t-il, tout collait !

— Oui peut-être, le modéra son collègue, mais à ce moment-là, est-ce que tu savais déjà qu'il s'agissait des deux filles ?

— Honnêtement non, reconnut aussitôt l'inspecteur. J'avais en tête un autre duo, composé d'Elaine en manieuse de sabre, et de sa fille Emma, ou bien de son mari, sur le cheval. D'ailleurs, enchaîna-t-il, lorsque j'ai vu Mrs Smith s'élancer du club hier soir, j'ai tout de suite pensé à une nouvelle chevauchée meurtrière… Toutefois, dès qu'Elaine m'a parlé de la lettre de sa fille, j'ai immédiatement senti qu'elle ne bluffait pas. En outre, les aveux d'Emma et de Maureen confirmaient que l'on avait bien affaire à deux auteurs, comme je le pensais. Même si, en réalité, il s'agissait finalement… des deux adolescentes.

Sweeney prit à son tour le temps d'avaler une gorgée de café. Avant de songer :

— Au fait, la lettre, tu l'as ?

— Non. Je ne l'ai plus, lui apprit Carraway. Mrs Smith me l'a bien donnée, je l'ai lue avec attention, mais j'ai dû la confier au superintendant lorsqu'il est arrivé cette nuit… J'imagine que l'ancien doit être déjà en train de se pavaner devant les caméras de télévision, ironisa le policier. D'ailleurs, je ne serais pas surpris si le contenu de la lettre se retrouvait dès demain dans les journaux.

Son collègue d'Édimbourg préféra ne pas s'attarder sur ces turpitudes, si prévisibles, de l'âme humaine. Il lui demanda :

— John, cette lettre… Qu'est-ce qu'elle disait?

— Eh bien les filles – même si c'est Emma qui paraît l'avoir écrite – reconnaissent avoir « supprimé » les sept personnes disparues, ainsi que les trois dernières victimes.

— J'y pense, sursauta Sweeney. Et l'arme, vous l'avez retrouvée?… Avec Elaine, précisa-t-il, on ne pouvait pas descendre au bas de la pente. C'était terrible. Les deux filles, dont la sienne, gisaient là, en contrebas, probablement mortes, et nous ne pouvions même pas les atteindre. Une véritable falaise, impossible de descendre: nous étions impuissants… C'est finalement vous qui êtes arrivés les premiers… Mais de notre position, il me semble bien avoir aperçu une épée dans les mains de Maureen.

— Tout à fait, lui confirma Carraway. En fait, il s'agissait d'une espèce de sabre japonais – un truc de samouraï, tu vois? – que la gamine tenait encore entre ses bras quand nous l'avons découverte. Le tranchant de la lame était impressionnant. Un agent m'a raconté qu'il s'était même coupé en voulant le tester.

— Mais ce sabre, poursuivit le jeune inspecteur, est-ce que tu connais déjà sa provenance?

— Pour l'instant, aucune idée… Les Smith ne l'avaient jamais vu, et je n'ai pas encore pu poser la moindre question à la famille d'accueil de la petite Maureen… Vraisemblablement, proposa-t-il, l'arme devait être dissimulée chez cette dernière, ou peut-être même quelque part dans le club. Parce que même si nos gars ont fouillé le centre équestre de fond en comble, ils ont toujours pu passer à côté…

Quoi qu'il en soit, termina Carraway, tu n'avais pas la berlue : c'était bien un sabre que tenait Maureen.

— Mmm… fit entendre Sweeney. Et à quelle heure avez-vous réussi à atteindre les corps ?

— Vers trois heures du matin, pas avant. Mes gars ont dû s'équiper comme pour une descente en rappel – heureusement, dans les Highlands on sait faire ! – puis sécuriser la voie d'accès. D'ailleurs, les corps des filles ne seront pas remontés avant ce matin. Cette nuit, c'était trop dangereux pour l'équipe… Si tout va bien, indiqua-t-il encore, l'opération devrait commencer vers dix heures.

— Tu comptes y retourner ?

— Oui, bien sûr. Et cette fois, j'espère que la famille de Maureen sera là… Pour sa part, la mère d'Emma n'a pas quitté la montagne de toute la nuit. Quand je suis parti tout à l'heure, elle y était encore, en compagnie de son mari.

— Pff… souffla son collègue, dans un soupir où se mêlaient admiration et compassion. Et la jument ? demanda-t-il.

— Elle n'a pas survécu non plus. La chute était vertigineuse. Plus de trente mètres. Quand j'y pense, c'était précisément l'endroit que les filles avaient choisi pour mourir… Dans leur lettre, tout était juste.

— Donc, crut deviner Sweeney, tu n'as dorénavant plus aucun doute sur leur culpabilité ?

— Tout d'abord, temporisa Carraway, il nous faudra vérifier un à un les éléments dont nous disposons à présent – les prélèvements sanguins sur la lame du sabre, par exemple, seront primordiaux – mais je dois t'avouer que, dans mon esprit, l'affaire est parfaitement claire.

— À un détail près, lui objecta soudain son collègue : leur mobile ! Eh oui, même si les faits semblent établis, je n'ai toujours pas la moindre idée de leur motivation... Est-ce qu'elles en parlent dans leur lettre ?

— Oui.

— Mais encore ? s'agaça Sweeney. Elles se sont inspirées de la légende du cavalier anglais, c'est ça ? proposa-t-il.

— Perdu ! lui sourit Carraway. Même pas !... Non, car même si, comme tous les jeunes de la région, Emma et Maureen étaient imprégnées par cette légende, elles ne s'en sont inspirées que très indirectement. En réalité, enchaîna-t-il, les filles racontent tout autre chose : elles se nommaient elles-mêmes les *Highlands' Witches*[31], et elles prétendaient régner sur la lande, qu'elles appelaient leur « royaume ». Elles se l'appropriaient la nuit, supprimant les intrus qui s'y aventuraient, vengeant ainsi, d'après elles, leurs « sœurs assassinées »[32] !

— N'importe quoi... se désola l'inspecteur. C'est pour ça qu'elles avaient baptisé leur jument Black Witch ?

— Sûrement... Toujours est-il que ce qui n'était peut-être, au départ, qu'un jeu de gamines, s'est transformé à l'adolescence en une réalité bien plus sanglante. Car Emma et Maureen ont tué au moins dix personnes, sur une période d'environ deux ans, soit entre leur quatorzième et leur seizième anniversaire. De virtuel, ce jeu de rôle est devenu

---

31. Sorcières des Highlands.

32. De nombreuses « sorcières » furent exécutées en Écosse. De 1479 à 1722, rien qu'à Édimbourg, près de 4 000 femmes furent ainsi brûlées ou étranglées.

un jeu de massacre, dans lequel toutes deux s'étaient arrogé le droit de vie et de mort sur ce qu'elles considéraient comme leur territoire : la lande.

Carraway conclut :

— Maintenant, seul un expert pourra nous dire pourquoi ces deux adolescentes ont basculé dans la folie.

— Mmm… Sauf qu'il n'y aura jamais de procès, fit remarquer Sweeney… Au fait, songea-t-il, est-il vrai que les filles annonçaient leur suicide dans la lettre ?

— Oui, lui confirma son collègue. J'imagine que toutes les deux avaient compris que, très vite, tout allait prendre fin, et qu'elles ne seraient bientôt plus les *Highlands' Witches*, maîtresses de la lande… Alors, plutôt que de devoir affronter cette réalité, et de renoncer à ce « pouvoir » qu'elles s'étaient octroyé, les filles se sont juré ce qu'elles appelaient leur « Serment des Highlands »… Attends, si je me souviens bien de la lettre… hésita Carraway, oui, c'est à peu près ça… Le serment disait : « Nous ne mourrons pas comme nos sœurs, dans les flammes de vos bûchers… Nous nous élancerons vers le soleil couchant, depuis *Sgùrr Fhuaran*, la plus grande de nos Cinq Sœurs, et nous mourrons ensemble… ».

— Mon dieu… frémit Sweeney.

— Et il me semble qu'elles terminaient, ajouta son collègue, par un truc du style : « C'est là notre destin de *Highlands' Witches* ! ». Tu vois le genre ? Elles avaient pété les plombs ! conclut Carraway, l'air narquois.

Mais, à la différence de son ami, les paroles des deux filles lui firent froid dans le dos ; car les images de leur chute mortelle, interminable et brutale, hantaient toujours son esprit. Pour les chasser au plus vite, et tenter de se donner une contenance, l'inspecteur empoigna son mug et déglutit une profonde gorgée de café.

Pauvres filles, mais aussi pauvres familles, songea-t-il. *Voilà un triste serment qu'elles n'oublieront jamais...*

*

Brusquement, la porte du Cluanie Inn s'ouvrit. Sweeney sursauta : Elaine Smith venait d'entrer dans l'hôtel. La jeune femme se précipita vers l'inspecteur. Son visage n'était pas menaçant, mais il trahissait son épuisement physique et moral. Elaine était anéantie. Les yeux hagards, elle semblait rongée de l'intérieur par un tourbillon de questions sans réponses.

— Je veux vous parler ! lança-t-elle à Sweeney, en ignorant Carraway. J'ai besoin de comprendre... Vous étiez là vous aussi, hier soir, quand elles ont sauté. Vous avez tout vu.

Mais tout à coup désemparée, la mère d'Emma baissa les yeux, comme si elle se demandait ce qu'elle faisait là. Avant de se reprendre :

— Vous êtes jeune, vous aussi. Vous saurez... Dites-moi : pourquoi les filles ont-elles fait ça ?

Sweeney et Carraway échangèrent un regard entendu.

— OK, je te laisse... déclara ce dernier. Il faut que je téléphone avant de repartir sur la montagne. À tout à l'heure, dit-il à Elaine Smith. Prenez ma place, je vous en prie.

Le policier de Glasgow se leva. Il fit mine de vouloir utiliser son portable, puis se dirigea vers le parking à l'arrière de l'hôtel. Les époux Greene, gênés, préférèrent également s'éclipser et disparurent dans leur cuisine.

Une fois seule avec Sweeney, Elaine accepta de s'asseoir.

L'inspecteur jeta un coup d'œil mécanique vers les fenêtres ; curieusement, il eut alors l'étrange sensation que l'ombre des collines, figée sur la façade, était soudain devenue plus froide encore.

— Eh bien ? insista la mère d'Emma. D'après vous, pourquoi ont-elles fait ça ?

— Euh… Je ne sais pas, commença prudemment le policier. Je connaissais très peu votre fille, et encore moins Maureen… D'ailleurs, la seule fois où je les ai rencontrées ensemble, les deux filles donnaient le sentiment d'être heureuses et plutôt bien dans leur peau. Je ne veux pas porter de jugement.

— Ce n'est pas ce que je vous demande, rétorqua Elaine, les yeux gonflés par le chagrin et la fatigue. Est-ce que vous êtes au courant pour la lettre ? lui demanda-t-elle. Vous savez qu'elles se prenaient pour des sorcières ?

Sweeney fit signe que oui.

— Pourquoi des sorcières ? s'agita-t-elle. Pourquoi ont-elles inventé ça ? Est-ce qu'elles étaient folles ?

Elaine est de plus en plus tendue, constata son jeune interlocuteur. *Elle est à bout de forces… Si, en plus, je lui apprends que la presse et la télé surnommeront bientôt les deux filles les « Sorcières de la Mort », elle va me déclencher une crise de nerfs… Non, mieux vaut discuter et tenter de la calmer.*

— Vous avez raison, c'est bizarre, l'approuva Sweeney. Avec la légende bien connue du cavalier anglais, il est étonnant que les filles aient décidé de se prendre pour les sorcières du Kintail… C'est bien ce qu'elles avaient écrit ?

— C'est ça… laissa échapper Elaine, d'une voix éteinte.

Elle se calme, c'est bien, nota l'inspecteur. *Continuons comme ça…*

— Le jour, reprit-il, Emma et Maureen se comportaient comme des collégiennes normales et équilibrées. C'est en tout cas l'impression que j'avais eue en les voyant… Ensuite, lorsque nous avons interrogé votre fille avec mon collègue, elle s'est également montrée tout à fait sensée et logique dans son argumentation… Non, conclut-il, rien ne laissait penser que, la nuit, les deux filles se livraient à l'un de ces jeux de rôles dont les ados sont friands.

— Un jeu de rôles ? releva Elaine, au bord des larmes.

— Oui vous savez, ces univers fantastiques où les jeunes, et parfois quelques adultes, s'imaginent en princesses et magiciens aux noms moyenâgeux, dotés de pouvoirs extraordinaires. Dans ces jeux, ils doivent accomplir des missions toutes plus extravagantes les unes que les autres… J'y ai joué un peu moi aussi lorsque j'étais étudiant, reconnut Sweeney. Mais ça m'est vite passé… Non, le seul véritable danger de ces jeux, se souvint-il, c'est de finalement tomber amoureux pour de bon de la fée Mélusine, ou pire encore, de négliger la préparation des prochains TD !

Mais Elaine n'était plus accessible à cet humour. Elle revint aussitôt à la charge :

— Alors ce n'était que ça, un simple jeu de rôles ? Vous vous rendez compte de ce que vous dites ?... Dix personnes sont mortes à cause des filles, toutes les deux se sont suicidées, et vous voudriez me faire croire qu'il ne s'agissait que d'un « jeu » ?

Le policier la regarda droit dans les yeux :

— Oui, en quelque sorte, insista-t-il... Manifestement, la nuit, Emma et Maureen basculaient dans un autre monde, un monde dont elles étaient les reines... Lorsqu'elles devenaient les sorcières du Kintail, lorsqu'elles enfourchaient leur Black Witch, la lande leur appartenait.

— Pourquoi ? Qu'est-ce qu'il leur arrivait ?

— Je ne sais pas... Je ne peux que supposer. C'est l'enquête qui nous...

— Vous avez tout vu, le coupa Elaine. Vous savez, dites-moi.

Sweeney hésita : devait-il lui faire part de son intime conviction, aussi dure soit-elle, ou bien ne dire à cette mère que ce qu'elle avait envie d'entendre ?

Non, se ravisa-t-il. *Cette femme est une cavalière aguerrie, elle en a le caractère. Si elle a ressenti le besoin de venir me voir ce matin, c'est qu'elle attend de moi autre chose que de mièvres condoléances... Je lui dirai ce que j'ai sur le cœur, je vais lui parler avec mes tripes !* se décida-t-il enfin.

— Dites-moi... lui répéta Elaine. Selon vous, qu'est-ce qu'il se passait sur la lande ?

Le jeune inspecteur se lança :

— À mon avis, je pense que c'est Maureen qui tenait le sabre. C'est elle qui tuait. Des deux filles, elle était la plus robuste. Emma n'aurait pas eu la force physique nécessaire. En revanche, c'est certainement votre fille, montée sur le dos de Black Witch, qui prenait en chasse les malheureuses victimes.

— Dire que je ne me suis jamais rendu compte de rien, se lamenta Mrs Smith. Et mon mari non plus… Jamais un bruit en provenance des écuries. Jamais je n'ai trouvé la chambre d'Emma vide… Il y avait bien quelques matins où la jument me donnait l'impression d'être plus fatiguée qu'à l'habitude, mais j'ai toujours mis ça sur le compte de son alimentation, ou sur ses chaleurs.

— Les filles ne sortaient sûrement pas toutes les nuits, intervint Sweeney. J'en doute… Peut-être qu'Emma rejoignait Maureen à sa demande, à Dornie. Peut-être qu'elles se donnaient rendez-vous à mi-chemin, sur la lande. On ne le saura jamais… Quant au sabre, était-il dissimulé chez Maureen ou quelque part dans votre club ? Ça non plus, nous ne…

— Et puis d'où venait-il ? l'interrompit Elaine. Comment avaient-elles fait pour se procurer une telle arme ?

— Oh vous savez, lui répondit le policier, il suffit qu'un ami majeur soit allé le leur acheter dans une armurerie, à Glasgow par exemple, et l'affaire était faite… Il faudra tout de même que l'enquête de Carraway éclaircisse ce point, admit-il.

— Mais comment ont-elles fait pour tuer tous ces gens ? C'est impossible ! voulut croire Elaine.

— En un peu plus de deux ans, objecta l'inspecteur, c'est malheureusement tout à fait réalisable… J'imagine que les deux filles partaient assez tard dans la nuit, pour ne pas éveiller vos soupçons. Puis elles erraient sur la lande, juchées sur Black Witch, en maîtresses absolues de leur royaume. Enfin, si nos deux sorcières venaient à découvrir un étranger sur leur territoire, pour des raisons qui n'appartenaient qu'à elles, elles décidaient alors de le supprimer.

— Mais c'est dément, ça n'a pas de sens ! protesta Elaine.

— Dans leur monde, si ! persista Sweeney. Comme dans un jeu virtuel, les filles s'arrogeaient le pouvoir d'éliminer les mortels de leur univers. Au hasard de leurs rencontres, l'intrus devait alors disparaître… Dans un sens, songea-t-il, Fergusson a eu de la chance de leur échapper durant sa cavale. Et moi aussi, frémit-il, car ce sont certainement elles qui sont passées tout près de ma cachette, le soir où j'ai découvert le squelette du fugitif. Nul doute que, transformées en « sorcières du Kintail », Emma et Maureen ne m'auraient pas épargné.

— Mais… douta sa mère. Euh… hésita-t-elle encore.

Avant de se lancer :

— Est-ce qu'elles étaient schizophrènes, toutes les deux ? Est-ce que c'est envisageable ?

— Pas forcément, jugea Sweeney. Et je vous avoue que ce n'est pas l'impression que me donne cette affaire… Si les filles avaient souffert d'une maladie de ce type, vous l'auriez détectée bien avant. Non, c'était autre chose…

Le jeune policier se tut. Il prit le temps d'avaler un peu de café, espérant qu'Elaine Smith en avait fini avec ses questions.

Mais elle reprit soudain :

— Quand vous dites « autre chose », à quoi pensez-vous ?

Comme il l'avait décidé, l'inspecteur ne se déroba pas :

— Mon hypothèse est la suivante : vous m'avez bien dit que Maureen était placée dans une famille d'accueil ?... Pourquoi ?

— Emma m'avait raconté l'histoire de son amie ; Maureen avait été abusée sexuellement par son propre père. La justice l'avait condamné à une lourde peine de prison. Sa mère, qui la tenait pour responsable de l'emprisonnement du mari, la battait sans cesse. La petite avait même subi plusieurs fractures. Le juge avait alors décidé de placer la gamine.

— Merci, déclara Sweeney. Cela ne fait que renforcer mon idée... En effet, à travers ce jeu de rôles, dans cet univers que Maureen avait recréé, c'était elle enfin qui décidait. La nuit, sur la lande, la jeune fille « compensait » : c'était à son tour de frapper comme bon lui semblait. C'était elle enfin qui pesait sur le destin des autres, décidant de la vie... ou de la mort.

— Vous croyez ?

— Maureen avait certainement ressenti chacune des épreuves de sa jeune vie – viol, rejet par sa mère, placement – comme, à chaque fois, une « petite mort ». En donnant la mort à son tour, en se l'appropriant, en décapitant les intrus de ce monde virtuel, elle trouvait ainsi la force de survivre. Mais peut-être aussi, envisagea-t-il, qu'en elle, Maureen était déjà morte depuis longtemps.

Elaine Smith garda le silence, le regard absent.

Avant de brusquement reprendre :

— Mais Emma, qu'avait-elle à voir avec tout ça ?

— Emma était l'amie de Maureen. Son unique confidente, sa sœur, ce cœur qui ne battait plus en elle… Ce processus d'amitiés indéfectibles, plus importantes pour les ados que les relations avec leurs propres parents, n'est évidemment pas rare. Malheureusement pour Emma, le hasard a voulu qu'elle noue cette relation si particulière avec une jeune fille perturbée, qui l'a finalement entraînée dans sa spirale meurtrière.

Tout à coup, Sweeney remarqua qu'Elaine était en train de se griffer à sang le dessus de la main. La jeune femme perçut son regard, se troubla, et cessa aussitôt ce manège inconscient.

— Mais ces derniers jours, parvint-elle à se ressaisir, pourquoi tout s'est-il emballé à ce point ? Pourquoi a-t-il fallu qu'elles aillent tuer ces pauvres gens, encore et encore ?

— J'en parlais avec mon collègue juste avant votre arrivée, l'informa l'inspecteur. Après la découverte des cadavres chez Pat Mckenzie, l'arrestation de votre mari, puis l'interrogatoire d'Emma, les filles ont paniqué. En quelques heures, le monde qu'elles s'étaient forgé a volé en éclats. En outre, elles cherchaient à faire croire à l'innocence de son père pour Emma, ou à celle de son amie pour Maureen… Mais au final, tous ces événements n'ont fait que précipiter leur *virgin suicide*. En effet, la bulle qu'elles s'étaient constituée a brutalement explosé. En voyant que leur univers de *Witches* n'existerait bientôt plus, les filles ont pris leur décision et elles ont rédigé cette lettre finale que vous avez découverte.

— Non. C'est de ma faute, protesta Elaine. Si je vous avais écouté, si j'avais été plus prudente sur le Kintail, et si je n'avais pas cherché à les rejoindre à tout prix, elles ne se seraient pas…

— Mais si ! préféra la couper le policier. Vous n'y êtes pour rien. Ne culpabilisez pas… Leur décision était prise : tôt ou tard, Maureen et Emma se seraient donné la mort. Le processus était inéluctable. Il était même en germe depuis leur tout premier meurtre. C'est comme ça ! conclut-il sèchement.

Les premières larmes s'écoulèrent des yeux d'Elaine.

C'est sûrement mieux qu'elle pleure, jugea Sweeney. *Il était temps qu'elle relâche la pression…*

— Ne culpabilisez pas, lui répéta-t-il. Nous avons déjà connu plusieurs cas de ce genre à Édimbourg, avec des ados. La plupart du temps, précisa-t-il encore, leur mal-être les conduit à des actes auto-agressifs. Plus rarement envers leurs pairs, et de façon exceptionnelle envers les adultes. Mais presque toujours, c'est le suicide qui est au bout de cette véritable descente aux Enfers.

Elaine Smith plongea son visage dans ses mains, laissant enfin libre cours à cette détresse qui la rongeait.

Au bout de quelques instants, le jeune homme tenta de la rassurer :

— Vous savez, dit-il, le plus souvent, les parents n'ont aucune espèce d'influence sur ce terrible processus. Il arrive même, comme pour Emma, qu'aucun signe avant-coureur ne vienne les alerter… Non, vous n'avez rien à vous reprocher, voulut-il lui faire comprendre.

Elaine continua de pleurer, comme si elle n'avait rien entendu. Pendant ce temps, Sweeney vida sa tasse de café, très tranquillement, espérant ainsi, grâce à ces gestes si quotidiens, apaiser sa douleur.

— Pour… Pourquoi nos ados font-ils ça ? s'obstina-t-elle à lui demander, entre deux sanglots.

— Je n'ai pas de réponse, dit-il d'une voix douce. Je ne suis qu'inspecteur… Toutefois ce que je sais, c'est que si je suis devenu policier, c'est aussi pour, à ma façon, apporter des réponses à ces questions… Oui, mes propres réponses, ajouta-t-il, énigmatique.

Car pour ma part, songea-t-il, *je ne saurai certainement jamais pourquoi mes parents sont morts sur la lande, ni pourquoi on les y a tués… Pas plus qu'Elaine ne comprendra pourquoi sa fille et Maureen s'y sont donné la mort. La lande et ses mystères ne m'appartiendront jamais, pas plus qu'à Elaine ou aux sorcières… Plus le temps passe,* finit-il par se convaincre, *et plus la lande, ce lieu si particulier, m'apparaît dorénavant comme un « no man's* lande »…

Curieusement, cette pensée lui fit du bien, comme une libération, et Sweeney se surprit à sourire.

Elaine le dévisagea sans comprendre :

— Vous souriez ?

— Non, pas vraiment… Je songeais qu'il n'y a peut-être aucune réponse à ces interrogations. Les filles se sont comportées comme des monstres, c'est un fait. Mais des monstres, ou des sorcières, nos sociétés en ont toujours connus… Vous savez, il y a longtemps que je me pose cette question, intimement liée à ma fonction de policier : et si, quelque part, nous avions « besoin » de ces monstres, des dysfonctionnements qu'ils génèrent, pour les combattre et devenir plus forts à notre tour ? Et si ce besoin était constitutif de toute société humaine ? Qui sait, peut-être les filles avaient-elles conscience de jouer ce rôle ? Je ne sais pas…

D'un coup, Elaine Smith se leva. Sans un mot, elle s'éloigna de la table et quitta l'hôtel. Sweeney songea qu'il ne saurait jamais si cette femme avait obtenu les réponses qu'elle espérait.

Bien, que fait tante Midge ? préféra-t-il enchaîner. *Si notre « Belle au bois dormant » ne se réveille pas bientôt, nous ne serons jamais à Aberdeen pour déjeuner. Et qu'elle ne compte pas sur moi pour lui donner le baiser du prince charmant !* sourit-il enfin.

Puis il se servit une nouvelle tasse de café, tout en sifflotant une marche de la Black Watch[33].

Quelles vacances… Non mais quelles vacances !… finit par soupirer l'inspecteur.

---

33. *La* Black Watch *est le plus célèbre régiment royal écossais. Composé à l'origine de Highlanders fidèles à la Couronne, il doit son surnom à son célèbre tartan noir. Enfin son pipe band (fanfare) est également l'un des plus réputés du pays.*

Inscrivez-vous gratuitement,
et sans aucun engagement de votre part,
à notre bulletin d'information
en nous retournant le coupon ci-contre.

Vous serez averti(e) des parutions en exclusivité,
pourrez bénéficier d'offres spéciales,
de cadeaux, etc.

Chaque nouvel inscrit recevra
une petite surprise…

Rejoignez-nous vite !

Et n'hésitez pas à proposer l'inscription
à vos parents et amis…

Je désire m'abonner gratuitement
au bulletin d'information des Éditions du Palémon :
je serai averti(e) des parutions
des enquêtes de John-Erich Nielsen et autres ouvrages,
ainsi que de l'actualité et des offres Palémon.

Nom ....

Prénom ....

Adresse ....

....

....

Code Postal .... Ville ....

Pour encore plus d'offres et d'infos,
indiquez votre adresse e-mail :

E-mail ....@......................

Bon à compléter ou à recopier
et à retourner par courrier à l'adresse suivante :

ÉDITIONS DU PALÉMON
ZA de Troyalac'h
10 rue André Michelin
29170 SAINT-ÉVARZEC

JEN08

Retrouvez les ouvrages de John-Erich Nielsen
et tous les titres des Éditions du Palémon sur :

www.palemon.fr

ÉDITIONS DU PALÉMON
ZA de Troyalac'h - 10 rue André Michelin
29170 SAINT-ÉVARZEC
02 98 94 62 44
Dépôt légal 1er trimestre 2017

Relu et amendé par Évelyne Vanhoeke

ISBN : 978-2-372600-73-6

Achevé d'imprimer en février 2017
sur les presses de la **N**ouvelle **I**mprimerie **L**aballery
58500 Clamecy
Numéro d'impression : 701306 - 1er tirage

Imprimé en France

La Nouvelle Imprimerie Laballery est titulaire de la marque IMPRIM'VERT®